Thomas C. Brezina

Pssst! Unser Geheimnis

Voll verknallt!

Band 18

Thomas C. Brezina

Pssst! Unser Geheimnis
Band 18

VOLL VERKNALLT!

Mit Illustrationen von Rolf Bunse

Ravensburger Buchverlag

Bibliografische Information der Deutschen Nationalbibliothek:
Die Deutsche Nationalbibliothek verzeichnet diese Publikation in der Deutschen Nationalbibliografie. Detaillierte bibliografische Daten sind im Internet über **http://dnb.d-nb.de** abrufbar.

1 2 3 12 11 10

Umschlaggestaltung: Sabine Reddig
unter Verwendung einer Illustration
von Annabelle von Sperber
Innenillustrationen: Rolf Bunse

Printed in Germany

ISBN 978-3-473-47433-2

www.ravensburger.de
www.thomasbrezina.com

HAALLLOOOOOO!

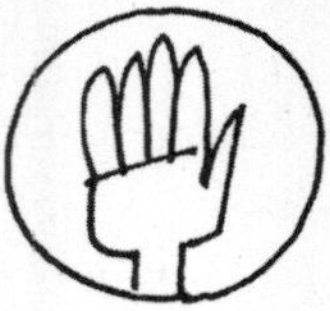

Persönliche Daten

Name: Vanessa Reininghaus
Größe: 158 cm
Augenfarbe: braun
Besondere Kennzeichen:
Haare – sehr kurz

Freundinnen

„nur 2“-zählen wie 2000

Bix: absolut romantisch, lieb, hat immer Verständnis, sollte mehr Sport machen!

Krissi: absolut gut drauf – immer (fast immer – wenn nicht, sind wir für sie da)

Freizeitaktivitäten

Sport – Karate
Chem. Experimente
Meine Freundinnen

Zuständigkeiten

Schule
Schwestern:
Wanda Reininghaus
Susanna Reininghaus
Sonntags – spülen
Ordnung halten (ächz)

Leidenschaften

5 Sittiche
Reisen
Karate
Chem. Experimente
Flippige Mode

Vanessa

Halli, hallo – ich bin Bix Taler.

Ich habe einen UNmöglichen kleinen Bruder und eine etwas seltsame – aber liebe – Mutter.

ich →  ← Mama

↑ der Unaussprechliche

Was ich nicht mag: Streit; Spinat; rechthaberische, dumme, alberne, aufdringliche Jungs; zu enge Tops und kaputte Strümpfe.

Was ich mag: Mama; Ben (Mamas Freund); ein bisschen auch Felix, meinen Bruder; Dick + Doof, meine Kaninchen; Spaghetti – davon viel! Rotkohl; Lasagne; Schokopudding; Eis …

Was ich besonders mag: meine allerbesten Freundinnen

Krissi + Vanessa

Ulknudel, mitfühlend, meistens zuverlässig

Supersportlich, superzuverlässig, beneidenswert schlank

CIAO!

Heydiho,

Promifoto

Krissi Kiska:

intelligent, schön, prominent, humorvoll

Hobbys: 8erbahn fahren ohne Ende,
Abenteuer und Spaß haben

und

Freund/e/innen

Vanessa
die Karatetigertodeskralle,
supertoller Kumpel.

Bix
supertoller Kumpel,
könnte aber auch als
Butterblume auf einer
Almwiese stehen.

HO-HO

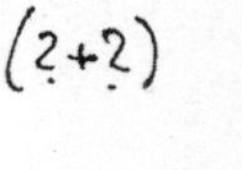

PS: 2 Katzen (Donald + Daisy), 1 Hund (Amadeus),
1 Mutter (Mam), 1 Vater (Paps), 2 Brüder (?+?)
ach ja: Caesar + Antonius

Hallo ihr kleinen Biester,

mein Name ist Alexa und ich bin die absolut wunderschönste Kröte der Welt. Und wenn ich sage Kröte, meine ich auch Kröte!

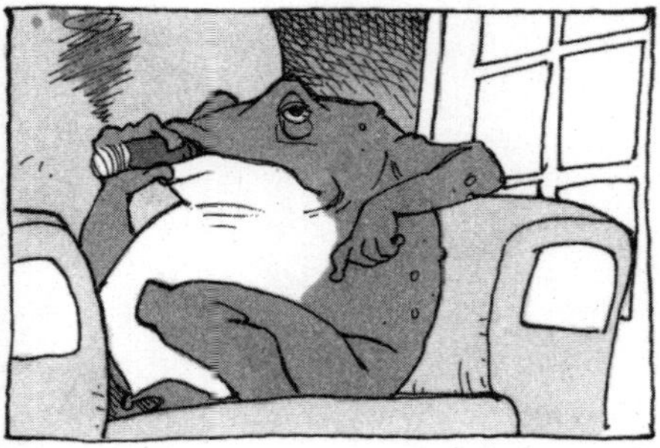

Beweisfoto

Was ich großartig finde:

- dicke Zigarren
- Kartoffelchips, je fettiger, je lieber (rülps)
- diese dämlichen Gören Fetti, Deppi und Fretti herumzukommandieren

Na, erraten, wen ich damit meine?!

Was mich wild macht:

- wenn die 3 Mädels nicht tun, was ich ihnen sage (dann setzt es Pickel!)
- wenn man meine wahre Schönheit nicht erkennt

In Wirklichkeit bin ich ja das zauberhafteste, elfenhafteste Mädchen der ganzen Welt.

Eine Krötenprinzessin sozusagen.
Aber das ist eine lange Geschichte …

Geheimbotschaften

Nr. 1 Lies die Worte von hinten nach vorne und beginne mit dem letzten Wort der Botschaft!

Nr. 2 Du musst immer den Buchstaben lesen, der direkt auf einen Kussmund folgt.

Nr. 3 Lies die Buchstaben von oben nach unten, das heißt den ersten Buchstaben der ersten Reihe, dann den ersten Buchstaben der zweiten Reihe, danach den zweiten Buchstaben der ersten Reihe, dann den zweiten Buchstaben der zweiten Reihe und so weiter …

Nr. 4 Die Buchstaben des Alphabets wurden von 1–26 durchnummeriert: Eine 1 steht z. B. für a, eine 10 für k usw. Die Herzchen haben für die Entschlüsselung keine Bedeutung.

Nr. 5 Such die Uhrzeiten heraus, die eine einstellige Minutenangabe am Ende haben (01, 02 … bis 05). Bei 01 nimm das erste Wort, es ist auch das erste Wort der Botschaft. Bei 02 nimm das zweite Wort, es ist auch das zweite Wort der Botschaft. Und so bis 05.

Nr. 6 Bei diesen beiden Buchstabenreihen musst du immer abwechselnd erst den Buchstaben der ersten und dann wieder den der zweiten Reihe lesen.

Nr. 7 Lies hier den ersten Buchstaben der ersten Zeile, dann den zweiten Buchstaben der zweiten Zeile, danach den dritten Buchstaben der ersten Zeile, dann den vierten Buchstaben der zweiten Zeile. Wenn du die Buchstaben der Botschaft verbindest, entsteht eine Zickzack-Linie.

VANESSA

In meinem Zimmer, Samstagnachmittag

Ich, Vanessa Reininghaus, schwöre hiermit feierlich:

Niemals, nicht in hunderttausend Jahren, werde ich mich so bescheuert aufführen wie meine große Schwester Susanna.

Niemals, auch nicht in einer Million Jahre, werde ich mich in ein kulleräugiges, gackerndes Hühnchen verwandeln, wie sie es getan hat.

Und damit das alles nicht geschieht, werde ich mich niemals, auch wenn ich bis zu dem Tag lebe, an dem die Sonne in einer Supernova verglüht, verknallen! Falls sich die Wissenschaftler nicht irren, bleiben uns bis dahin noch etwa vier Milliarden Jahre.

Einfach total lächerlich, was Susanna aufführt, seit sie diesen Markus kennengelernt hat.

Fünf Merkmale für das völlig durchgeknallte Verhalten verliebter Schwestern:

1. Jeder Satz beginnt mit dem Wort Markus. Markus sagt, Markus meint, Markus kann, Markus hat, Markus wird, Markus will, Markus ist, Markus mag, Mar-

kus hasst, Markus liebt, Markus, Markus, Markus … WÜRG!!!!

2. Klingelt das Telefon, bekommt sie fast einen Herzanfall. Sie rennt dann vor den Spiegel, kontrolliert ihre Kriegsbemalung (= Make-up), zupft an ihren Haaren, reißt sich den Ohrclip vom Ohr und dann erst hebt sie ab. Wahrscheinlich denkt sie, man kann ihre Schönheit auch hören.

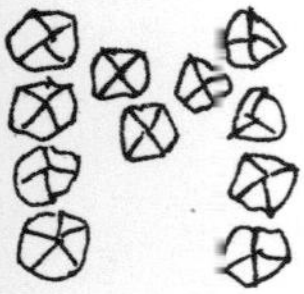

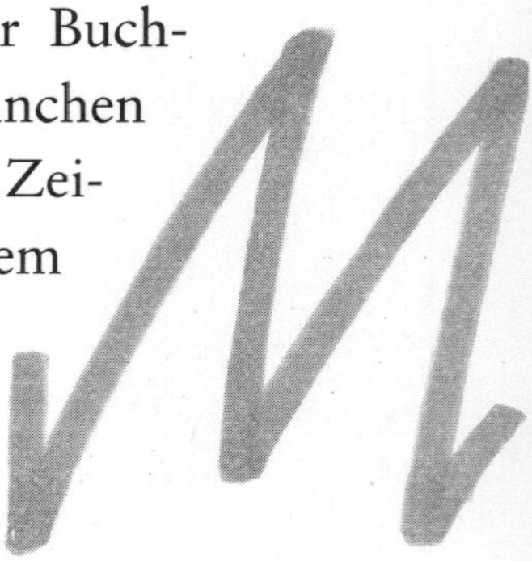

3. Überall taucht neuerdings der Buchstabe M auf: aus Glitzersteinchen im Nagellack auf Susannas Zeigefinger, als Soße über dem Pudding, auf allen ihren Schulheften und Büchern.

Heute Morgen dachte ich, es spukt im Badezimmer. Nachdem ich geduscht hatte, war der Spiegel beschlagen und was stand in der feuchten Schicht? Ein dickes, fettes M.

Susanna muss es am Abend aufgemalt haben und auf dem trockenen Spiegel war es nicht zu sehen.

4. Sie summt! Absolut unerträglich. Holt sie sich ein Glas Milch aus der Küche, summt sie. Wirft sie ihre dreckigen Jeans in den Wäschekorb, summt sie. Sogar wenn sie unterwegs

zum Klo ist, summt sie. Wofür hält sie sich? Für eine Hummel?

5. Sie seufzt. Dabei hebt sie die Schultern, saugt Luft durch die Nase, sackt dann zusammen wie ein Kartoffelsack, der abgestellt wird, und stößt schließlich die Luft mit einem Brummlaut wieder aus. Über ihrem Kopf scheint ständig ein unsichtbares Bild von diesem Markus zu schweben, das sie anhimmelt.

Sie macht sich zur totalen Witzfigur und ahnt es nicht einmal.

He, Schwesterherz, wach auf!

Sinnlos!

VBVDNGN!!!

(= Verknallt Bleibt Verknallt Da Nützt Gar Nichts!!!)

Mir passiert das jedenfalls nicht! Das kann jeder schriftlich haben, auch meine beiden besten Freundinnen Krissi und Bix. Wir drei sind Großmeisterinnen der Geheimschrift. Das muss man auch sein, wenn man jede Menge Geschwister in allen Altersklassen hat und außerdem noch ein großes Geheimnis, das jeden, außer uns, aus den Socken kippt.

So, muss jetzt los. Bix' Mutter und ihr Freund Ben lassen eine Gartenparty steigen. Meine ganze Familie ist eingeladen. Zum Glück verbringt Wanda, mein kleiner Schwester-Engel mit Nerv-Faktor 15, das Wochenende bei ihrer besten Freundin Dora. Susanna geht mit Markus ins Kino, Händchen halten.

Hiermit erkläre ich – Vanessa Reininghaus – bei meinen fünf Wellensittichen:

Geheimbotschaft Nr. 1, vorne im Umschlag

BIX

Auf der Gartenparty, Samstagnachmittag

Bestimmt bin ich nicht so mutig und cool wie meine beste Freundin Krissi. Sie fährt sogar mit der Doppelloopingbahn auf dem Rummelplatz und lacht selbst dann noch, wenn es senkrecht nach unten geht. Krissi liebt Horrorfilme und schläft danach wie ein Baby. Das behauptet sie jedenfalls. Und sie springt vom Fünfmeterbrett im Schwimmbad.

Es ist auch wahr, dass ich sehr leicht erschrecke. Das Monster, das sich mein kleiner Bruder nennt, schafft es immer wieder, mich zum Schreien zu bringen. Felix versteckt sich am liebsten unter der Treppe, und wenn ich morgens herunterkomme – meistens zu spät –, springt er hervor, die Arme in die Höhe gerissen, die Zähne gefletscht, und gibt einen Urschrei von sich.

Mein Herz macht in solchen Momenten jedes Mal einen Doppelsprung. Ich spüre es dann im Hals, als wäre es dort stecken geblieben. Und ein erschrockenes „Aaaa!“ kann ich auch nicht unterdrücken. Das schlüpft einfach so heraus. Meine Knie sind dann butterweich und ich bekomme große Lust zu versuchen, ob mein kleiner Bruder den höchsten Schleudergang in der Waschmaschine aushält.

Trotzdem hat mich noch nie in meinem ganzen Leben etwas so sehr geschockt wie das, was ich vor wenigen Minuten in unserem Garten beobachtet habe.

Ich mag unseren Garten. Der Rasen besteht fast nur aus Klee und Löwenzahn, die Bäume wachsen kreuz und quer, die Sträucher wuchern wie die Hecke um das Dornröschen-Schloss und Mams Gemüsebeet ist ein beliebter Treffpunkt für Schnecken. Vom Frühling bis zum Herbst beginnt immer gerade irgendwo irgendeine Blume zu blühen, die keiner gesetzt hat, über die wir uns aber alle freuen.

Mam und Ben hatten die Idee, eine Gartenparty zu veranstalten. Mit Grillen, Lampions in den Bäumen, Musik und Tanzen. Nicht nur Erwachsene sollten kommen, sondern auch ich sollte ein paar Freundinnen einladen.

Manchmal habe ich einen sechsten Sinn. Ich spüre Unheil bereits, wenn es naht. Und was diese Party betraf, so hatte ich ein komisches Gefühl, deshalb habe ich auch nur Krissi und Vanessa eingeladen.

Zuerst ist alles normal gelaufen. Ich meine, dass Felix den Tisch umgeworfen hat, auf dem die Flaschen und Gläser standen, regt wirklich niemanden mehr besonders auf. Mam hat sogar gelacht, obwohl ich sicher bin, sie würde Felix auch gern einmal ins Schleuderprogramm stecken, damit seine Gehirnzellen halbwegs geordnet werden. Ben hat die Flaschen nicht aufgehoben, sondern jede mit einem Jubelschrei in die Luft geworfen und glücklicherweise auch wieder gefangen. Der heutige Tag geht außerdem in die Geschichte ein als „Das Glaswunder im Garten der Talers". Es war nur ein einziges Glas in Scherben gegangen!

Bevor ich nun aber zu dem Schock komme, den ich erlebt habe, muss ich kurz etwas über meine Familie erzählen: Mein richtiger Vater lebt nicht mehr. Er ist gestorben, als ich vier Jahre alt war. Ein klein wenig kann ich mich an ihn erinnern. Außerdem habe ich ein Foto, das Mam und ihn am Meer zeigt. Damals war Mam viel schlanker als heute.

Meine Eltern ♡♡

Paps war ein großer Motorrad-Fan. Er hat mit Mam lange Reisen mit dem Motorrad gemacht. Sie sind bis nach Afrika gefahren. Auf den Fotos sehen sie immer sehr glücklich aus.

Als Felix noch nicht einmal auf der Welt war, hat Paps einen Unfall gehabt. Er war unschuldig und der Fahrer, der ihn gerammt hat, ist einfach abgehauen.

Leicht hat es Mam nicht gehabt. Sie war allein für uns da, hat gearbeitet, Geld verdient, gekocht, geputzt und Hausaufgaben mit uns gemacht. Sie ist eine richtige Glucke und will immer nur das Beste, wie sie sagt. Manchmal ist das Beste aber einfach zu viel für ein Mädchen meines Alters.

Auf jeden Fall hat Mam vor einem Jahr Ben kennengelernt. Er ist Grafikdesigner und mag nicht nur Mam, sondern auch mich und selbst Felix. Ich glaube, Mam und er wollen sogar heiraten. Den größten Teil der Woche wohnt er bei uns, aber er ist bisher nicht ganz eingezogen und hat noch immer sein Häuschen ein paar Straßen weiter.

von Ben

So, jetzt ist es so weit. Nun zu meinem Schock. Mam war für mich immer eben Mam. Mam, die sich um alles kümmert, raue Hände hat, meist ein wenig gehetzt und gestresst ist, manchmal schimpft, weil ihr die Nerven durchgehen, und im Fernsehen am liebsten kitschige Liebesfilme anguckt.

Aber Mam ist mehr. Es ist ja so peinlich!

Felix ist schuld, wie üblich. Er wollte unbedingt allen sein Meerschweinchen Hurrikan zeigen. Weil aber der Tisch mit den Kuchen und der Eiscreme gerade unbeaufsichtigt war, hat er seine Pläne geändert, Hurrikan in die Wiese gesetzt und sich einen Teller vollgeladen. Sein Bauch war danach eine Kugel und ich wette, heute Nacht wird ihm wieder schlecht.

Als er feststellte, dass Hurrikan verschwunden war, gab es lautes Geheul. Er kam zu mir gestürzt, schmierte seinen Schoko-Eiscreme-Schlagsahne-Mund an meine neue Jeans und jammerte: „Hurrikan ist fort! Bestimmt ist er schon tot!"

Felix liebt Katastrophen. Drei Regentropfen kündigen für ihn schon eine Flutwelle an. Wenn es aber um Leben und Tod geht, so trifft er bei mir einen wunden Punkt. Felix war noch gar nicht auf der Welt, als das mit Paps geschehen ist. Ich hingegen kann mich noch ein wenig daran erinnern, wie es war, als Paps plötzlich nicht mehr nach Hause gekommen ist, und seitdem lebe ich in der ständigen Angst, auch Mam könnte mir verloren gehen. Oder etwas anderes, zum Beispiel ein Meerschweinchen.

Die Suchaktion hat sofort begonnen. Krissi und Vanessa haben mitgemacht. Auf allen vieren sind wir durch das Gras gekrochen und haben Hurrikan gesucht. Er ist so wie Felix: blitzschnell, immer zu Streichen aufgelegt und nie dort, wo man ihn vermutet. Sein struppiges schwarzbraunes Fell war im Garten natürlich eine ausgezeichnete Tarnung.

Meine Hände waren von den Dornen der Büsche bald völlig zerkratzt und zu den Schoko-Sahne-Eiscreme-Flecken auf meiner Hose sind auch noch Grasflecken dazugekommen. Ich bin bis ganz nach hinten, in den letzten Winkel unseres Gartens gekrochen. Dort, wo früher einmal eine kleine Laube stand. Ein paar Teile davon sind noch übrig und völlig von Kletterrosen überwuchert.

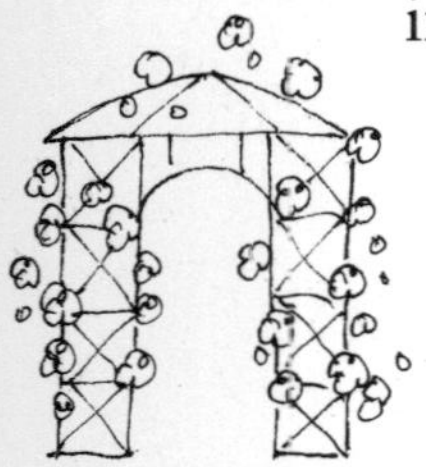
Unsere Laube

Dahinter standen sie.

Sie haben mich nicht einmal bemerkt.

Ich meine, in Filmen sieht man das öfter, aber doch nicht im wirklichen Leben.

Vor allem machen das alle, aber doch nicht meine eigene Mutter!

Sie hat mit Ben geknutscht. Da er um fast zwei Köpfe größer ist als sie, hat sie sogar auf den Zehen gestanden. Die beiden haben sich mit den Händen gerieben, als wollten sie sich gegenseitig eine Rückenmassage verpassen. Ich will gar nicht genau beschreiben, wie sie sich geküsst haben. Nur so viel: Es waren keine flüchtigen Küsschen auf die Wangen. Die Lippen der zwei schienen zusammengewachsen zu sein. Dazu haben sie auch noch Geräusche von sich gegeben wie Krissis Hund Amadeus, wenn man ihn am Bauch krault.

Mein Kopf muss rot geworden sein wie eine dieser Tomaten, die speziell gezüchtet werden, um noch röter als die anderen zu sein.

Meine Mam! Meine Mam knutschte und schmuste heimlich hinter einer alten Hecke. So wie Susanna und ihr Markus. Ich habe die zwei von meinem Fenster aus beobachtet. Er hat Susanna am Abend heimgebracht und dann haben sie im Schatten des Garagentores gestanden. Sie dachten, dort könnte sie niemand sehen. Vor allem, was das Wichtigste war, Frau Reininghaus nicht. Sie kann nämlich schrecklich altmodisch sein.

Auf jeden Fall haben die zwei dort auch so herumgemacht wie jetzt meine Mam und Ben.

Nie hätte ich ihr das zugetraut. Es war ein Schock. Still und leise habe ich mich davongestohlen. Die beiden nur nicht aufschrecken, habe ich mir gedacht. Sonst beißt er ihr noch die Zunge ab.

„Ich hab's, ich hab's", krähte Felix irgendwo beim Haus. Hurrikan, das kluge Tier, hatte es sich unter dem Salatbüfett bequem gemacht und verputzte, was von den Tellern fiel.

Vanessa hat diesen Blick, dem nichts entgeht. Sie starrte mich prüfend an mit

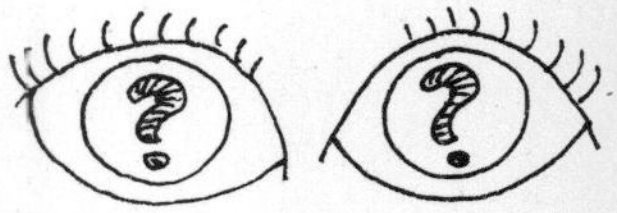

einem großen Fragezeichen in den Augen. Zuerst wollte ich alles für mich behalten.

Wenn interessiert schon, was meine Mam mit Ben hinter der Hecke tut? Für andere ist das bestimmt mindestens ebenso peinlich wie für mich. Sie ist schließlich nicht mehr siebzehn und sieht auch nicht aus wie ein knackiges Früchtchen. Kam sie sich in ihrem Alter nicht ein wenig lächerlich vor? Wenn einer ihrer Gäste sie dort hinten erwischt hätte …

Bis sie wieder auftauchten, stand ich in der Mitte des Gartens Wache, um alle aufzuhalten, die nach hinten gehen wollten. Vanessa schleppte Krissi zu mir und Krissi, die so gern Hobby-Kommissarin spielt, begann mit dem Verhör.

„Also, raus mit der Sprache, was ist geschehen?"

Es ist besser, ihr gleich zu antworten. Andernfalls bohrt sie weiter, schlimmer als jede Bohrinsel in der Nordsee. Also erzählte ich den beiden, was ich gesehen hatte. So kurz wie möglich. Es war trotzdem peinlich.

Ich hoffe, ich bin klüger, wenn ich mal so alt bin wie Mam. Meine Kinder sollen mich nie so sehen. Überhaupt werde ich mich nie so behämmert aufführen. Niemals! Nie, nie, nie, nie, nie!

Hoffe ich wenigstens!

Krissi

In unserem Garten, Samstagabend

Es ist noch sehr warm und ich kann nicht schlafen. Mam und Paps sind beide noch auf der Party der Talers. Eigentlich wollten wir alle bei Bix übernachten, aber ich hatte keine Lust. Vanessa ist geblieben, ich nicht.

Seit dem Kindergarten sind Bix, Vanessa und ich die besten Freundinnen. Wir wohnen in derselben Straße, Vanessa im Nachbarhaus, Bix gegenüber. Wir gehen jeden Tag gemeinsam zur Schule, wir sind in derselben Klasse und wir sind auch fast jeden Nachmittag zusammen. Wir drei kennen Alexa im Keller des Rathauses

Unsere Häuser

und haben ein großes Geheimnis, das mit den Bewohnern unserer Stadt zu tun hat.

Für uns ist es das Normalste der Welt zu wissen, dass unsere Zahnärztin in Wirklichkeit eine Hexe ist und der Bäcker sich in Vollmondnächten in einen Werwolf verwandeln kann. Er beißt aber nicht und macht auch nicht Jagd auf Menschen, da wir ihm immer einen Tag zuvor ein silbriges Pulver verabreichen. Wir tun es, indem wir ein Stück Kuchen bei ihm kaufen und ihm einen Geldschein geben, den wir mit dem Pulver eingerieben haben.

In unserer Stadt ist nicht alles so, wie es scheint. Angeblich befindet sich tief in der Erde ein Kristall, der Gestalten angezogen hat, von denen viele denken, es gäbe sie gar nicht. Doch es gibt sie wirklich und sie sind noch schauriger, als man es sich träumen lässt.

Alexa – erwischt!

Alexa ist übrigens auch kein Mensch, sondern eine Kröte. Sie spricht, sie pafft stinkende Zigarren und sie futtert tütenweise Chips. Oft ist sie ein echtes Ekel, das uns das Leben schwer macht, sie kann aber auch wirklich nett und eine gute Freundin sein. Eigentlich ist es ihre Aufgabe, die Ungeheuer und Spukgestalten unter Kontrolle zu halten. Da sie aber ziemlich faul ist, spannt sie oft uns dazu ein. Es gibt Schlimmeres. Grins!

Irgendwie aber ist es bei Bix, Vanessa und mir nicht mehr so wie früher. Wir gehen noch immer jeden Morgen gemeinsam zur Schule, wir sitzen noch immer in derselben Klasse, wir müssen noch immer für Alexa Monster hüten und trotzdem hat sich etwas verändert.

Seufz. Ich fühle mich ganz komisch. Noch vor ein paar Wochen hätte ich in mein Tagebuch geschrieben:

18.5.

Fetzige Party – Bix' Mam
knutscht mit Ben.
– Arme Bix –
Man sollte Eltern ins Heim
stecken dürfen.
Neun  gegessen – trotzdem
nicht schlecht. Susanna ist
total verknallt und spinnt
hochgradig. Markus heißt der
Bussibär. Sie ist das volle
Lachprogramm.

Inzwischen sehe ich das aber anders. Irgendwie war die Party bei den Talers langweilig. Nur Erwachsene, die absolut langweiliges Zeug quasseln und ständig „Ach ja!“, „Nicht möglich!“, „Ist das dein Ernst?“, „Unfassbar!“, „Das Rezept brauche ich auch!“ von sich geben.

Vanessa hat sich nur über Susanna lustig gemacht. Wir nennen Vanessa sonst oft Grübel, weil sie mehr grübelt und weniger redet. Seit Susanna aber diesen Markus hat, ist Vanessa nicht zu bremsen.

Bix hat sich schrecklich aufgeregt, weil ihre Mutter mit Ben knutscht. Verstehe nicht so ganz, was sie daran stört. Wäre es ihr lieber, die beiden würden sich nur anschmachten und Häschen und Bärchen nennen?

Und überhaupt: Bix hätte mehr Leute einladen können. Es gibt doch in unserer Klasse ein paar ganz nette …

Ja, ich meine Jungen!

Bisher dachte ich auch: Nur ein Junge, der nicht da ist, ist ein guter Junge. Aber auf der Party hätte ich es total nett gefunden, mit den Jungs zu quatschen und zu tanzen. Allerdings glaube ich nicht, dass die Jungen aus unserer Klasse tanzen können. Sogar Marc mit den Stachelhaaren bewegt sich, als hätte ihn der wilde Waldi gebissen.

Trotzdem! Mit Jungen wäre es gewiss lustiger gewesen. Selbst wenn wir ihnen nur Essiggurken unter das T-Shirt gesteckt und sie mit Ketchup bespritzt hätten.

Unsere Klasse –
es gibt doch auch ein paar ganz nette…
oder?!

Eine unsichtbare Macht hat mich davon abgehalten, Bix und Vanessa davon zu erzählen. Denn ich glaube, die beiden könnten das nicht verstehen.

Kann es sein, dass ich schon reifer bin? Das steht in den Heften, die mein Bruder Antonius liest. Er gibt es nicht zu, aber er hat einen ganzen Packen unter seinem Bett versteckt. Von dort hole ich sie mir manchmal. Am liebsten mag ich die Seiten von Beatrice, die in allen Liebesangelegenheiten Auskunft gibt. Und sie schreibt oft, wie reif manche Mädchen sind und wie unreif die Jungen.

Vielleicht ist das bei Bix, Vanessa und mir auch so? Ich bin schon drei Schritte voraus. Aber das sage ich ihnen mal besser nicht. Wieder ist es diese unsichtbare

Macht, die mich warnt, und ich höre wohl besser auf sie.

Am Montag fahren wir ins Landschulheim nach Grünwengen. Antonius war im letzten Jahr mit seiner Klasse da und nennt den Ort immer „Gähnwengen“.

Er behauptet, es sei der langweiligste Platz der Erde. Sogar die Mücken schliefen dort beim Stechen ein.

Höchste Zeit, dass Krissi Kiska kommt und ein wenig Schwung mitbringt.

VANESSA

In meinem Zimmer, Sonntagnachmittag

Das Neueste aus der Lovestory meiner Schwester Susanna:

Seit sie versucht hat, sich die Haare selbst zu schneiden, sieht sie aus wie eines dieser Ponys, auf denen Kinder auf dem Rummelplatz reiten dürfen. Markus hat wohl fallen lassen, er könne nicht tief genug in Susannas Augen blicken, weil ständig eine Strähne davor hänge. Gleich am nächsten Morgen hat sie mit dem Schneiden begonnen.

Zuerst waren die Haare auf der linken Seite länger als auf der rechten. Also musste Susanna sie kürzen, woraufhin sie nun rechts zu lang waren. Sie schnipselte weiter, bis sie links und rechts zu kurz waren und sich dafür eine lange Tolle mitten über ihre Stirn kringelte.

Ich habe mich auch gekringelt: vor Lachen.

Das ganze Sonntagsfrühstück lang mussten wir uns das Wehklagen von Susanna anhören. Man konnte meinen, unser Haus sei eingestürzt und ihr Freund im Sturm auf hoher See ertrunken. Sie hat Mam sogar angebettelt, beim Friseur die Stirnfransen verlängern lassen zu dürfen. Liebe macht nicht blind, sondern blöd.

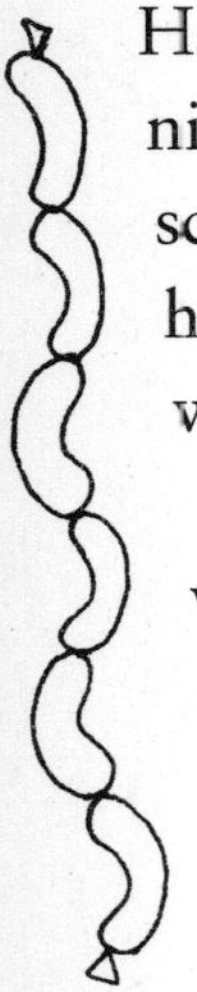

Habe doch nicht bei Bix übernachtet. Krissi ist auch nicht geblieben. Überhaupt war sie komisch. Wahrscheinlich hat sie zu viele Grillwürstchen gegessen. Sie hat kaum was gesagt und ständig nur geguckt, als würde sie auf ein Wunder warten.

Nach Hause bin ich, weil ich unbedingt hören wollte, wie Susanna mit Markus telefoniert. Sie muss immer um elf Uhr daheim sein und kaum hat sie sich von ihm verabschiedet, rennt sie in ihr Zimmer hoch und ruft ihn auf seinem Handy an. Auch wenn sie nur in den Hörer sülzt, kann man jedes Wort auf dem Flur verstehen.

Na gut, ich muss das Ohr an ihre Tür pressen. Aber nennt man das nicht Akupressur? Ist das nicht gesund? Ich stelle fest, Susannas Tür hat heilende Kräfte, und deshalb ist die Ohr-Akupressur nur bei ihr möglich.

Sehr ergiebig war das Lauschen nicht. Susanna hat die ganze Zeit gekichert und leider sehr leise geflüstert. Verstehen konnte ich nur: „Ho, ho, ho, Herkules!“ Was das wohl zu bedeuten hat? „Ho, ho, ho“ macht normalerweise der Weihnachtsmann und mit „Herkules“ kann Markus wirklich nicht gemeint sein. Er gehört mehr zu der Sorte Makkaroni auf zwei Beinen.

Muss später noch fürs Landschulheim packen. Am meisten freue ich mich aufs Paddeln, Schwimmen und den Waldlauf.

Hoffentlich gibt es Dreibettzimmer. Mit Krissi und Bix ist es immer lustig.

Wir müssen heute Nachmittag noch zu Alexa und uns abmelden. Falls sie auf die Idee kommt, uns in der nächsten Woche zu rufen und wir nicht kommen, kann das jede Menge Ärger bedeuten. Sie hat uns schon öfter Pickel und Warzen angedroht und Alexa meint so etwas ernst.

BIX

Was von unserem Garten übrig ist,
Sonntagvormittag

Laut darf ich es nicht sagen, weil Mam so etwas nicht gerne hört. Aber es ist absolut wahr: Unser Garten sieht aus, als hätten wir eine Horde Nashörner zu Gast gehabt. Und dazu ein paar Elefanten. Nicht zu vergessen die Flusspferde.

Natürlich hat alles auch sein Gutes, wie Mam oft sagt: Nächste Woche wäre ich an der Reihe gewesen, den Rasen zu mähen. Diese Mühe kann ich mir sparen. Unsere Mischung aus Klee und Löwenzahn ist zu einem flachen Teppich platt getrampelt.

Mam, Ben und ich spülen Teller und Gläser im Garten. Das macht beinahe Spaß. Wir haben alle möglichen Eimer und Wannen mit warmem Wasser gefüllt und waschen, was das Zeug hält.

Morgen fahren wir also ins Landschulheim. Eigentlich freue ich mich, aber es gibt auch einiges, was ich hasse:

1. Paddeln. (Bestimmt in einem eiskalten Bach!)

2. Waldlauf. (Bin ich ein Wildschwein, das durch den Wald galoppiert?)

3. Schwimmen. (Finde mich selbst in meinem neuen Badeanzug einfach zu fett. Seufz! Seufz! Mega-Seufz! Können Eltern ihren Kindern nicht nur die wirklich guten Dinge vererben? Blaue Augen, wilde Locken, lange Wimpern und kleine Nasen. Das reicht völlig. Die Speckbäuche können sie gerne behalten.)

Na ja, ich werde es schon überleben. Falls mich beim Schwimmen aber jemand doof anquatscht und ich so etwas wie „Nilpferd im Badeanzug" höre, werde ich diesmal nicht eine Tafel Schokolade aus Kummer fressen, sondern mit dem Quatschkopf die Nilpferdrolle machen. Ich schwimme oben, er unten. Ich krieg Luft, er keine. Hä-hä-hä! Händereib!

Schon wieder! Mam und Ben haben sich schon wieder geküsst. In aller Öffentlichkeit und während Mam verkrustete Senfsoße von einem Teller schrubbte. Was ist nur in die beiden gefahren? Hat ihnen jemand einen Liebestrank verabreicht? So benehmen sich Leute doch nur in *Die große Liebe*, das sind die schnulzigen Romanhefte, die ich so gerne lese. Mam bekommt immer einen Riesenanfall, wenn sie eins von diesen Heften in meinem Zimmer herumliegen sieht. „Schund"

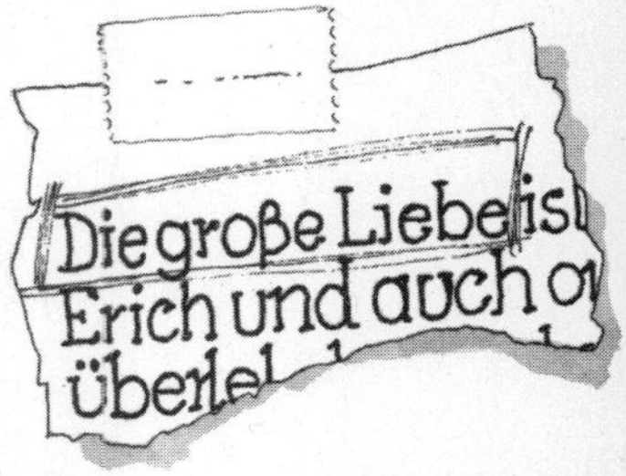

nennt sie die Hefte, weil „das wirkliche Leben doch ganz anders ist“! Ob sie sich da nicht irrt? Ich wette, wenn sie über sich selbst in *Die große Liebe* lesen würde, würde sie das Heft zur Seite legen und auch wieder losschimpfen „Schund! Das wirkliche Leben ist ganz anders!“.

Erwachsene sind manchmal so schwierig.

Werde mich dann bald mal auf den Weg machen. Wir wollen zu Alexa gehen und uns verabschieden. Habe von der Party gestern noch eine riesige Chipstüte retten können, die ich ihr mitbringe. Das schont mein Taschengeld. Ich brauche es fürs Landschulheim und mit Chips kann man Alexa immer milde stimmen.

Krissi und Vanessa haben leider nicht bei mir übernachtet. Bei Vanessa ist bestimmt Susanna der Grund. Seit sie mit diesem Markus geht, spioniert ihr Vanessa nach wie eine Topagentin einem Verräter. Wieso will sie alles so genau wissen? Nur damit sie was zu lachen hat?

Und Krissi – sie ist irgendwie nicht mehr die Alte. Zuhören war nie ihre Stärke. Krissi hat immer Ameisen in der Hose und kann gleichzeitig von ihrer Lieblingssendung, ihrem neuen Poster und welchen Schuh ihr Hund Amadeus wieder gefressen hat erzählen. Krissi sieht einen beim Reden meistens kaum an, weil ihre Augen ständig herumwandern. Ich glaube, sie

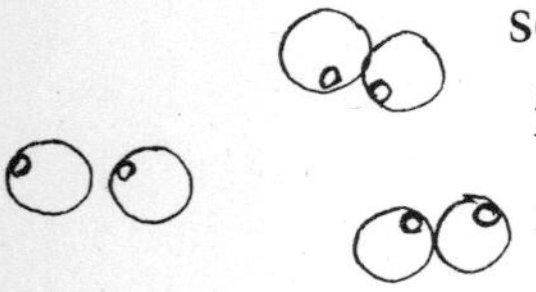

könnte sich auf drei Fernsehern drei verschiedene Sendungen gleichzeitig ansehen.

Gestern war sie auch wieder nur halb da. Möchte zu gerne wissen, wo die andere Hälfte war. Woran denkt sie die ganze Zeit? Sie verrät es nicht und das finde ich gemein. Schließlich sind wir Freundinnen und haben keine Geheimnisse. Jedenfalls nicht voreinander.

Werde wohl Miss Marple spielen müssen und im Landschulheim ein bisschen nachforschen, was Krissi so kitzelt.

VANESSA

Bushaltestelle beim Rathaus, Sonntagnachmittag

Alexa spinnt!

Krissi spinnt!

Bix spinnt!

Nur ich kann noch klar denken. Das hoffe ich wenigstens. Bin ziemlich wütend. Würde jetzt am liebsten losbrüllen und den Mawashi geri machen – den habe ich letzte Woche in Karate gelernt. Aber natürlich lass ich es bleiben. Die Frau mit der Blümchenhandtasche und dem Hündchen guckt ohnehin schon so misstrauisch. Sie muss mir ansehen, wie es in mir kocht. Jetzt nimmt sie den kleinen Wuffi auf den Arm. Dem armen Vieh hat sie die Haare über den Augen mit einem rosa Schleifchen hochgebunden. Ein Wunder, dass sich der Hund nicht vor einen Rottweiler wirft und darum winselt, gefressen zu werden.

Ups! Kann ich zaubern? Da kommt tatsächlich ein Rottweiler. Vermutlich hat die Frau die Fellkugel deshalb hochgenommen. Sie hatte gar keine Angst, ich könnte den Kläffer beißen.

Nun zu Alexa. Sie ist und bleibt eine fette Kröte. Das ist nichts Neues. Wir müssen ihr ständig Komplimente machen, wie gut sie aussieht, wie schick sie sich kleidet und wie klug sie ist – dabei ist das alles glatt gelogen. Und das ist einfach nicht mein Ding, das nervt mich. Ich sage die Wahrheit oder ich schweige.

Heute wären wir um ein Haar nicht in das alte Gewölbe unter dem Rathaus hineingekommen, in dem Alexa lebt. Normalerweise reicht es, wenn wir uns vor der Backsteinmauer aufstellen. Die Steine werden dann glasig, verschwinden und geben eine dunkellila Tür frei. Diesmal nicht. Wir müssen ausgesehen haben wie drei Ballerinas ohne Tutu. Zuerst haben wir ein paar Schritte nach rechts gemacht, dann nach links, vor, zurück. Krissi ist schließlich zur Mauer und hat mit der flachen Hand dagegengeklatscht.

Unser Ballett

„Wir sind's! Aufmachen!", hat sie gerufen.

Sehr zögerlich verschwand Backstein um Backstein. Millimeter für Millimeter schwenkte die Tür auf. Etwas stimmte da nicht. Da ich die Schlankste von uns bin, konnte ich mich als Erste durch den Türspalt schieben. Bix musste noch warten.

Auf den ersten Blick war alles wie gewohnt: feuchte Mauern, hohe Kreuzbögen, Gerümpel für mindestens drei Flohmärkte, Spinnweben in jeder Ecke und ein gähnendes, ausgestopftes Krokodil, das an Ketten von der Decke hängt und uns jedes Mal hungrig mit seinen Glasaugen anstarrt.

Wo war Alexa?

Ich habe sie gerufen, aber keine Antwort erhalten. Mittlerweile war die Tür weit genug aufgegangen, dass auch Krissi nachkommen konnte. Weder auf dem zerschlissenen Lehnsessel noch auf dem Boden oder einem der Lederkoffer hockte Alexa. Von draußen wollte Bix wissen, was los sei.

„Alexa ist verschwunden!", meldeten wir ihr.

Leise und sehr schwach war dann ein Stöhnen zu hören. Noch immer aber konnten wir niemanden entdecken.

„Adieu!", hauchte eine raue Stimme. Es musste sich um Alexa handeln. Wir lauschten, aus welcher Richtung das seltsame Geräusch kam, und so fanden wir Alexa schließlich – zusammengerollt auf einem leeren

Jutesack. Richtig jämmerlich sah sie aus. Zugedeckt war sie nur mit einem ausgefransten Putzlappen und ihre Augen waren halb geschlossen.

„Adieu", wiederholte sie. Dieses Wort kannte ich nur von einer von Paps' Tanten, die knapp unter hundert war. Sagte man das nicht zum Abschied?

„Was hält mich noch auf dieser Welt?", wimmerte Alexa, hob einen ihrer faltigen Arme und ließ ihn kraftlos wieder fallen.

„Bist du krank?", bestürmte Krissi sie.

„Es sind die Kränkungen, die mir die Lebenskraft nehmen. Diese ewigen Missachtungen und Schmähungen, die ich ertragen muss."

Was war nur los mit ihr? So niedergeschlagen hatten wir sie noch nie erlebt. Normalerweise ist sie das genaue Gegenteil.

„Hat es mit uns zu tun?", fragte Krissi vorsichtig.

Daraufhin wandte sich Alexas Krötenkopf ab und sie schluchzte kurz auf.

„Was haben wir getan?" Bei mir meldete sich das schlechte Gewissen. Seit unserem letzten Besuch war mehr als eine Woche vergangen. War es das?

„Ihr braucht nichts zu sagen. Ich weiß selbst, wie alt und hässlich ich bin", heulte sie. Über das warzige Gesicht rannen die Tränen in Sturzbächen. Am ganzen Körper bebend, richtete sich Alexa auf und schlug die Pfoten vor die Augen. „Werft mich in die nächste Mülltonne! Das ist leichter zu ertragen als eure Verachtung."

Krissi und ich knieten vor ihr und streckten sogar die Hände aus, um sie zu streicheln.

„Wir verachten dich doch nicht", versicherte Krissi ihr.

Von der Tür kam ein heftiges Schnaufen und Schaben. Ich warf einen Blick über die Schulter und sah, wie Bix sich ins Gewölbe zwängte. Noch immer war der Spalt sehr schmal und Bix ist nun mal nicht Miss Superschlank. Sie schüttelte die Plastiktüte, die sie von daheim mitgebracht hatte, und entlockte ihr ein Rascheln.

„Hier, für dich! Eine Super-Familien-Vorratspackung Chips mit schwarzem Pfeffer und Knoblauch!", rief sie lockend.

Sofort war Alexa auf den Beinen und in drei eleganten Sprüngen bei Bix. Energisch riss sie ihr die Tüte aus der Hand, steckte den ganzen Kopf hinein und begann hemmungslos und laut schmatzend zu fressen.

Wir drei standen da und sahen ihr dabei zu. Man konnte uns fast denken hören. Der Verdacht kam wie eine schwarze Gewitterwolke und wurde immer dichter, dunkler und klarer.

Krissi platzte als Erste heraus.

„Das war alles nur Theater, damit wir dir aus schlechtem Gewissen Chips kaufen."

Die Antwort blieb uns Alexa schuldig, weil sie noch immer bis zum Bauch im Sack steckte und fraß. Ihr eigenes Schmatzen und Knuspern war einfach zu laut, um uns zu hören.

Es geschieht wirklich nur höchstens dreimal im Jahr. Dann rege ich mich so auf, dass ich alles vergesse und

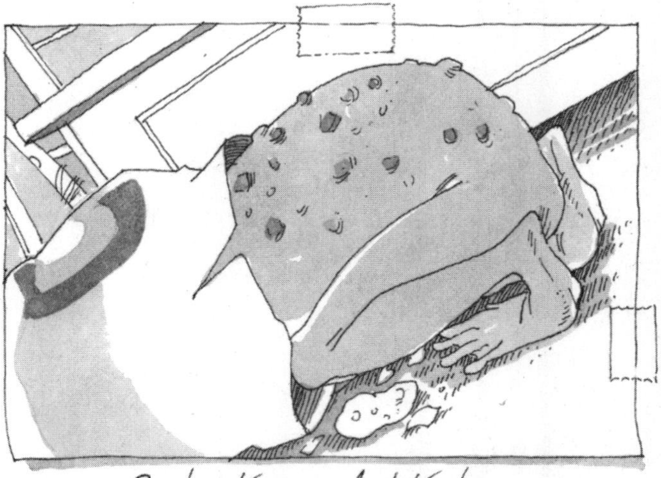

Gut, diesen Anblick festgehalten zu haben!!

einmal nicht „Grübel“ bin, sondern Miss Vulkano. Der Ausbruch kam auch diesmal schnell und heftig und für alle überraschend. Ich bin auf Alexa losgestürzt, habe den Sack an den unteren Ecken gepackt und hochgerissen. Sie ist nach hinten gestürzt und ein Chips-Regen ist auf sie niedergeprasselt. Auf dem Rücken liegend, das Maul zum Platzen voll und zugedeckt mit einer

Lage stinkender, fettiger Kartoffelblättchen, hat sie ungeniert weitergekaut. Einfach widerlich war das. Sie reißt dabei das breite Maul weit auf und man kann den Chips-Matsch sehen.

„Du hast das nur vorgespielt, um Chips aus uns zu pressen!", fauchte ich sie an.

Ein stolzes Grinsen machte sich auf Alexas Krötengesicht breit. Sie antwortete etwas und erzeugte dabei einen Sprühregen aufgeweichter Chips. Angeekelt wich ich zurück. Erst nachdem sie geschluckt hatte, verstand ich, was sie sagte.

„So schlau wie ich müsst ihr erst noch werden."

Das war der berühmte Tropfen, von dem meine Mutter immer spricht, wenn wir ihr auf die Nerven gehen. Der Tropfen, der das Fass zum Überlaufen bringt.

„Verzichte!", habe ich sie angebrüllt. „Wir sind nicht deine Spielzeugäffchen. Mich kannst du jedenfalls vergessen."

Danach bin ich abgezogen. Ich stampfte fest auf, als sollte jeder Schritt einen tiefen Abdruck im Boden hinterlassen. Zuerst dachte ich, Krissi und Bix zögen den Schwanz ein und ließen sich von Alexa einschüchtern.

Haben sie aber nicht getan. Hinter mir hörte ich zustimmendes: „Vanessa hat ja so Recht!" Dann sind mir beide gefolgt. Ich hätte viel dafür gegeben, Alexas verdutztes Gesicht zu sehen.

Erst als wir wieder auf der Straße standen, wurde mir klar, was wir gerade getan hatten. Mir kamen Zweifel.

„Vielleicht war's das. Sie wird uns nicht mehr rufen. Keine Geisterjagden mehr!“

Krissi zuckte mit den Schultern.

„Na und? Machen wir etwas anderes Aufregendes.“

Das klang gut. Auf keinen Fall wollten wir uns mehr von Alexa unterbuttern lassen. Das war vorbei!

Alexa spinnt!

Aber ohne uns!

Heute muss allerdings der Tag der Spinner sein. Danach sind wir in den Park gegenüber vom Rathaus spaziert und dort um den Ententeich geschlendert. Und wer kommt uns entgegen? Britt!

Britt heißt eigentlich Claudia. Seit wir aber unsere Namen in einem Namenslexikon nachgeschlagen haben, will sie so nicht mehr gerufen werden. Übersetzt bedeutet Claudia nämlich „Die Lahme oder die Hinkende“.

Der neue Name Britt war Krissis Vorschlag. Ich glaube, sie bewundert Britt heimlich.

Britt ist ein bisschen kleiner als Krissi, dünn wie ein

Zahnstocher und blond wie eine Handvoll Heu. Es folgt jetzt kein Blondinenwitz, denn Britt ist nicht doof.

Krissi beeindruckt wohl am meisten, dass Britt nabelfrei gehen darf und von ihrer Mutter sogar Schminksachen geschenkt bekommt. Britt ist eigentlich nett, trotzdem mag ich sie nicht so richtig. Sie erinnert mich immer an diese Popsängerinnen. Obwohl ich gegen ihre blonden Wuschelhaare nichts hätte. Sehen auf jeden Fall besser aus als meine schwarze Bürste auf dem Kopf.

Egal. Darum geht es jetzt ja nicht. Britt war mit Nina und Tammi aus unserer Klasse unterwegs. Die drei aßen Eis und winkten begeistert, als sie uns entdeckten. Auch wir holten uns jede ein Eis und setzten uns auf die Lehne einer Parkbank.

Während wir so saßen und uns das Eis schmecken ließen, machte Britt einen Vorschlag. Ich war sicher, Krissi würde sie sofort fragen, ob sie „vom wilden Waldi gebissen" sei. Das ist einer der Aussprüche, die sie in letzter Zeit oft von sich gibt.

Aber Krissi rührte nur eine Suppe aus Malaga, Aprikose und Zitrone in ihrem Eisbecher.

Bix bekam einen knallroten Kopf und schaufelte wie wild den Rest ihres Eises in den Mund.

„Und? Wie findet ihr das?", wollte Britt wissen. Sie

strahlte wie eine neue Glühbirne und hielt es für die beste Idee des Jahrtausends.

„Doof“, war meine Meinung.

Drei böse Blicke trafen mich von Britt, Tammi und Nina. Und dann ein vierter von Krissi.

In diesem Augenblick wusste ich, sie spinnt. Bisher war sie wirklich meine beste Freundin – manchmal nervig, aber nicht zu störend –, doch jetzt war sie ein anderes Mädchen.

Hier der Vorschlag, den Britt uns gemacht hat:

Geheimbotschaft Nr. 2, vorne im Umschlag

Krissi gefiel das.

Sie spinnt. Sie spinnt. Sie spinnt. Eine andere Erklärung gibt es dafür nicht. Demnächst wird sie auch so enden wie Susanna: mit Kulleraugen, Kreischkonzert, wenn das Telefon klingelt, und dem Namen eines Jungen auf die Stirn gebrannt.

„Quatsch!“, unterstrich ich meinen Standpunkt.

„Ich find’s witzig“, sagte Krissi leise.

Witzig! Vielen Dank! Darüber kann ich nicht lachen.

Tammi kann schrecklich oberschlau sein. Sie sagte tatsächlich: „Vanessa, du bist vielleicht noch nicht reif genug.“

Reif! Bin ich ein Apfel? Tammi ist auf jeden Fall eine doofe Nuss.

Bix hatte noch immer ihr Tomatengesicht und kratzte mit dem Plastiklöffel auf dem Boden ihres Bechers herum. Sie hatte bis jetzt keine Meinung abgegeben.

Da hat es mir gereicht. Meine besten Freundinnen waren also gegen mich. Ich bin von der Parkbanklehne gesprungen und gegangen. Hinter mir haben sie noch getuschelt und Britt sagte: „Was hat sie denn?"

Keine Ahnung, was meine spinnenden ehemals besten Freundinnen als Erklärung geliefert haben.

So, und jetzt sitze ich hier und warte auf den Bus.

Weder Krissi noch Bix sind mir nachgelaufen.

Vielen Dank!

BIX

Vor der Bushaltestelle beim Rathaus,
etwas später

Zuerst bin ich sitzen geblieben. Ich will nicht von Tammi unreif genannt werden. Das ist total gemein.

Nachdem Vanessa gegangen war, hat Krissi ständig mit Britt getuschelt und gekichert. Vollkommen überflüssig bin ich mir vorgekommen. Tammi und Nina haben mit den beiden die Köpfe zusammengesteckt und ich war das berühmte fünfte Rad am Wagen.

Ich wette, Krissi ist es nicht einmal aufgefallen, dass ich gegangen bin. Die vier haben sich aufgeführt, als hätte ihnen jemand Juckpulver ins T-Shirt gesteckt.

Doofe Wette. Vanessa hat völlig Recht. Ich meine, man kann die Liebe nicht erzwingen. Erst letzte Woche habe ich die Geschichte von Anna-Karina gelesen, die unbedingt mit dem jungen Arzt der Kinderabteilung ausgehen wollte. Was sie nicht alles versucht hat! Sogar anonyme Briefe hat sie ihm geschrieben, um seine Aufmerksamkeit auf sich zu lenken.

Ohne Erfolg! Sie hat allein daheim gesessen und

keiner hat sie zum Ärzteball eingeladen. Der junge Arzt – ich glaube, er hieß Rick – ist an diesem Abend mit seinen Kumpels zum Bowling gegangen.

Und dann war da noch Doktor Lars. Er himmelte Anna-Karina an und verehrte sie, doch sie war völlig blind für seine Liebe. Auch er sitzt am Abend des Balls allein daheim. Schließlich nimmt er allen Mut zusammen und ruft bei Anna-Karina an. Die dumme Pute – halt, stopp! Puten sind nicht dumm. Also die liebesblinde Frau hockt im Bademantel und in grässlichen Filzpantoffeln vor der Glotze und zieht sich eine Schwachsinns-Sendung rein. Sie will erst gar nicht ans Telefon gehen, aber nach dem neunten Klingeln – Doktor Lars ist schon dabei, wieder aufzulegen – geht sie ran und schluchzt hinein.

Um es kurz zu machen: Die beiden gehen auf den Ball und es wird nicht ihr letztes Treffen sein.

Was lernen wir daraus? Man kann die Liebe nicht erzwingen.

Allerdings hat Britt auch nicht von Liebe geredet, sondern nur von einem Kuss. In den Liebesromanen bedeutet ein Kuss aber auch immer den Beginn der großen Leidenschaft.

Ach was, mir ist das zu viel. Mein Speckbauch und

mein zu enger Badeanzug machen mir schon genug zu schaffen.

Jetzt muss ich aber zu Vanessa gehen. Sie hockt an der Bushaltestelle und kaut Nägel. Das hat sie schon lange nicht mehr getan.

Krissi ist anders geworden. Jetzt steht es fest. Heißt das, wir werden nicht mehr beste Freundinnen sein?

Schade.

VANESSA

In meinem Zimmer, Sonntagabend

Moment. Zuerst etwas ganz anderes. Auch etwas sehr Erfreuliches!

Bix hat es sich anders überlegt und ist mir dann doch nachgekommen.

Obwohl ich mir immer einrede, dass mir das alles egal ist, ist es leider nicht so. Im Gegenteil, ich finde es schrecklich, mit einer besten Freundin Streit zu haben.

Dabei haben wir diesmal gar nicht gestritten. Wir sind nur unterschiedlicher Meinung über diese Wette von Britt. Das heißt, Bix und ich sind der gleichen Meinung. Unser Urteil: Voll daneben!

Krissi hat sich übrigens nicht mehr sehen lassen. Nicht einmal eine Nachricht hat sie geschickt. Dabei haben wir wirklich das beste System. Zwischen Krissis Haus und meinem ist ein Draht gespannt, über den wir uns Geheimbotschaften zukommen lassen. Vom Flurfenster bei Krissi zu Bix' Zimmer führt über den Garten ein Schlauch. Mit einem starken Blasebalg pumpen die zwei sich die Briefchen zu, die sie zu kleinen Bällen geknüllt haben.

Wir sehen Krissi also erst morgen wieder. Bei der Abfahrt ins Landschulheim.

Jetzt aber die Sensation:

Alexa ist aufgetaucht! Sie verlässt ihr Gewölbe wirklich nur in Ausnahmefällen. Bix und ich saßen hinten im Garten der Talers, dort, wo ihre Mutter und Ben sich geküsst haben. Es war keine Tatortbesichtigung, sondern ein Versteck für uns. Felix hatte nämlich einen Quengeltag. Er hat zu viel gegessen und zu wenig geschlafen und unter diesen Bedingungen verwandelt er sich in ein Ungeheuer, das seine Schwester und ihre Freundinnen auf Schritt und Tritt verfolgt, an den Haaren zieht, mit Steinen bewirft und beschimpft.

Bix und ich lagen im Gras und haben den Rest dieses alkoholfreien Cocktails getrunken. Eine leckere Mischung mit viel Ananassaft. Während wir mit den Strohhalmen die letzten Tropfen geschlürft haben, ist plötzlich jemand neben uns aufgetaucht. Wir haben den Schatten gesehen. Ohne aufzublicken hat Bix aus dem Mundwinkel geknurrt: „Hau bloß ab, sonst steck ich dich in die Wäschetruhe." Für Felix ist das die schlimmste Strafe. Er behauptet, der Gestank mache ihn verrückt.

„Was soll ich bei deinen verschwitzten Socken?", raspelte eine raue Stimme, die wir eigentlich nicht mehr hören wollten. Es war der gleiche patzige Ton wie immer. Auf Alexa hatten wir mindestens so wenig Bock wie auf Felix.

Bix wird da aber schnell weich. Sie hält es nicht lange aus, mit jemandem böse zu sein. Also hat sie Alexa begrüßt, was ich nicht getan habe.

Es geschehen aber immer wieder Wunder. Alexa hat dann wohl doch bemerkt, dass sie zu weit gegangen war, und begann auf einmal zu sprechen, als hätte sie Weichspüler getrunken: „War doch nur ein Scherz, nehmt nicht alles so ernst!"

Bix ist sofort geschmolzen wie ihr Eis im Park. Ich nicht. Noch immer habe ich Alexa keines Blickes gewürdigt.

Sie hat mehrere Anläufe nehmen müssen, bis sie es über die dünnen braungrünen Lippen bekommen hat. „Tut mir leid! Seid nicht sauer!" Nach einer langen Pause hat sie sogar noch ein „Bitte!" hinzugefügt.

„Ist schon gut!", erwiderte Bix.

„Gut, dann ist ja alles wieder in Ordnung", sagte

Alexa und wollte fort. Erst jetzt habe ich die kleine Umhängetasche bei ihr entdeckt. Damit hatte ich sie noch nie gesehen. Wenn ich über etwas verwundert bin, zieh ich immer die Stirn kraus und meine dunklen Augenbrauen bilden einen gekräuselten dicken Strich. Bix nennt diesen Blick den „Finsterblick“.

Alexa hat diesen Blick wohl aufgefangen und gewittert, dass doch noch nicht alles so in Ordnung war, wie sie dachte. Diese Kröte wollte tatsächlich wieder mit den Geschenken abziehen, die sie mitgebracht hatte!

„Ach, ehe ich es vergesse“, säuselte sie, kramte dabei umständlich in ihrer Tasche herum und beförderte eine Coladose heraus. Keine neue, sondern eine verbeulte, rostige Dose, von der die Hälfte der Farbe abgeblättert war.

Sollte das ein Scherz sein?

„Jetzt guck nicht so!“, fauchte sie mich an.

Bix versetzte mir einen Stoß mit dem Ellbogen und nickte mahnend. Also setzte ich ein etwas sanfteres Gesicht auf. Trotzdem würde mich Alexa bestimmt nicht mit einer lausigen Coladose versöhnlich stimmen können.

Sie versuchte, mit den Pfoten daran herumzuwischen, bekam den Schmutz aber nicht ab.

„Ach, egal“, sagte sie und streckte Bix die Dose entgegen. „Ein wahrer Schatz, den ihr da von mir bekommt. So großzügig war ich die vergangenen hundert Jahre nicht."

Sie bemerkte unsere ratlosen Gesichter und lieferte eine Erklärung, was an der Dose so besonders war. Unsere Augen wurden mit jedem Satz größer und Bix klappte der Unterkiefer herunter. Ich wollte ihn schon mit einem Finger zudrücken, als mir mein eigener weit offener Mund auffiel.

„Und das funktioniert?", fragte Bix ungläubig.

„Darauf kannst du wetten", versicherte Alexa ihr.

Nein danke. Auf Wetten hatten wir keine Lust.

„Macht die Dose aber nur auf, wenn niemand sonst in der Nähe ist!", schärfte sie uns noch ein, bevor sie sich wieder davonmachte.

Mitgenommen habe ich sie. Bei Bix ist die Gefahr zu groß, dass die Dose Felix in die Hände fällt. Der würde vielleicht gucken, wenn er den Verschluss aufzöge. Auf jeden Fall nehmen wir das Ding mit ins Landschulheim. Wer weiß, vielleicht kann es uns nützlich sein.

Ob wir Krissi davon überhaupt erzählen sollen?

Mal sehen, wie sie so ist.

Krissi

Antonius' Zimmer, Sonntagnacht

Fühle mich zerrissen.

Zwei Kräfte ziehen mich in unterschiedliche Richtungen.

Einerseits finde ich die Wette mit dem ersten Kuss ziemlich cool, andererseits hasse ich es, wenn ich Stress mit meinen besten Freundinnen habe.

Trotzdem, die Woche in Grünwengen wird vielleicht doch kein Schlaf-Marathon. Das einzige klitzekleine Problem sind jetzt noch die passenden Jungs. Da waren Britt, Tammi, Nina und ich uns sofort einig: Es kann kein Junge aus unserer Klasse sein. Die sind dafür wirklich nicht zu gebrauchen.

Ich krieg schon Schüttelfrost, wenn ich nur daran denke: zum Beispiel an Ralf, den Grinser, der jeden Satz mit einem hohlen „Joooooh“ beendet. Oder Ronny, den Händewischer, der ständig nasse Hände hat, die er sich an seiner Hose und seinem Pulli abwischt. Oder Stifti, der immer wie

ein Presslufthammer auf und ab springt und mir nicht einmal bis zum Bauchnabel reicht. Na gut, das ist vielleicht übertrieben – aber nur ein bisschen.

Auf jeden Fall kommt von den verfügbaren Jungen keiner infrage. Wo aber kriegen wir andere her? Ob Grünwengen welche zu bieten hat?

Habe mich in Antonius' Zimmer verzogen, weil er seinen eigenen Fernseher und Videorekorder hat. Hier kann ich mir meine Kassetten ansehen. Die kluge Krissi hat schon seit einiger Zeit alles zum Thema Küssen und Liebe gesammelt. Die wichtigsten Folgen meiner Lieblingsfernsehserien. Ich ziehe sie mir jetzt alle rein, als eine Art Nachhilfe.

Mam hat dafür wieder einmal kein Verständnis. Sie findet Schlaf wichtiger. Dabei hocken wir morgen ohnehin mindestens fünf Stunden im Bus. Wahrscheinlich sogar sechs, weil Boris immer schlecht wird und der Fahrer jeden zweiten Kilometer anhalten muss.

So ganz schlau bin ich noch nicht geworden. Im Fernsehen scheinen alle immer Magnete in den Lippen eingebaut zu haben. Kommen sich Mann und Frau näher, schließen sie die Augen wie kurz vor dem Einschlafen und verdrehen die Köpfe, damit ihre Münder auch richtig aufeinandertreffen.

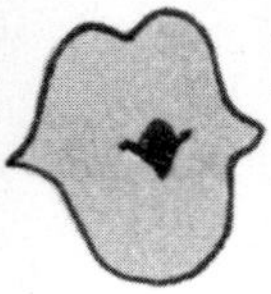

Leider wird nie erklärt, wer den Kopf in welche Richtung verdrehen muss. Ich meine, wenn man die Augen halb zu hat, sieht man doch nicht mehr, wie sich der andere gerade verrenkt. Was ist, wenn er jetzt auf einmal einen halben Meter neben mir ist? Könnte doch passieren. Dann küsst er die Wand hinter mir und ich falle nach vorn.

Und sollen die Lippen trocken sein oder feucht? Zur Sicherheit habe ich Mams Lipgloss eingepackt. Knoblauch und Zwiebeln sind gestrichen, obwohl ich beides mag: Knoblauch auf den Kartoffelpuffern und Zwiebeln in den Hotdogs.

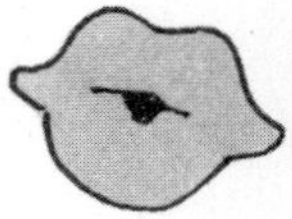

Aber vielleicht hilft so ein bisschen Knoblauch auch. Der Junge findet meinen Mund dann sogar blind.

Ist das alles aufregend!

Da! Vor mir findet gerade ein heftiger Kuss statt. Ob Jungs wirklich so sein können? Charles hat Lana einfach gepackt, an sich gerissen und ihre Lippen mit einem Kuss versiegelt. Zack! Bumm! Ob es ihr recht war oder nicht.

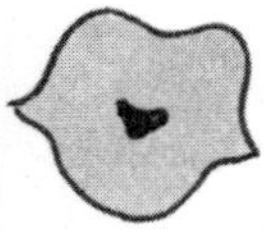

War es ihr recht?

Nein! Gemein! Ende der Folge und bei der nächsten hat der Rekorder gestreikt. Jetzt erfahre ich nie, ob sie ihm eine klebt oder weiterküsst.

So, das also ist die eine Seite, auf die ich gezogen werde.

Auf der anderen stehen Vanessa und Bix. Ich schicke

den beiden keine Nachricht. Ich rufe auch nicht an. Ich komme auch nicht angekrochen. Ich kann nämlich jede Wette abschließen, die ich will.

Trotzdem mag ich es nicht, wenn bei uns Funkstille herrscht. Obwohl ich die beiden nach wie vor für ziemlich unreif halte und ich sie, meiner Meinung nach, überholt habe, sind sie meine besten Freundinnen. Britt ist schon okay, aber kein Vergleich zu Bix oder Vanessa. Bix kann ich bestimmt um drei Uhr morgens anrufen und ihr die Ohren volljammern, sie hört zu oder rast sogar zu mir herüber. Und Vanessa ist ein Spitzenkumpel mit schrägen Ideen. Unter ihrem Bett bewahrt sie zum Beispiel eine Notfallkiste auf. Dort ist alles drin, was sie bei einer Flucht brauchen könnte: ihr Pass, Geld, Müsliriegel, ein Mini-Kuscheltier, Handy-Ladegerät, Kugelschreiber, ein Block, Briefumschläge und Briefmarken, eine Mini-Landkarte von der Umgebung, Zugfahrplan, Aludecke, um im Freien übernachten zu können, und sogar eine Taschenlampe mit Handkurbel, die man drehen muss, weil die Lampe ohne Batterien funktioniert. Außerdem mag ich es, wenn Vanessa lange ganz still ist und dann einen Kommentar von sich gibt, der genau ins Schwarze trifft.

Ich will mit den beiden wieder im grünen Bereich sein. Aber wie soll ich das machen? Aus der Erste-Kuss-Wette steige ich dafür auf keinen Fall aus.

Warum können sich die beiden nicht auch ein bisschen für Jungen interessieren? Wir hätten so viel zu quatschen und jede Menge Spaß!

Seufz! Wie krieg ich das nur hin? Es muss irgendwie möglich sein. Meine Aufgabe ist es, ihrer Entwicklung ein wenig auf die Sprünge zu helfen.

Die Treppe knackt. Mam, diese Hobby-Spionin, hat Verdacht geschöpft und kommt nachsehen, ob ich im Bett liege. Von meiner Nachhilfe soll sie nichts erfahren. Am besten schleiche ich ins Bad und tue so, als hätte ich noch einmal zur Toilette gemusst.

Schon zu spät! Sie steckt bereits den Kopf zur Tür herein. „Wusste ich doch, dass du hier bist", sagt sie.

Meine Mam, die Hellseherin! Könnte sie diese Gabe nicht nutzen, um die Lottozahlen zu erraten?

VANESSA

Busfahrt nach Grünwengen, Montagmittag

Bix und ich haben zwei kleine rote Hörnchen auf dem Kopf. Ich vielleicht sogar noch einen kleinen Pferdefuß. Nur nach Schwefel stinken wir nicht. Um uns aber ein bisschen an Krissi zu rächen, schicken wir im Bus ständig eine Geheimbotschaft hin und her.

Geschrieben in einer Schrift, die Krissi noch nicht kennt. Sie sitzt übrigens in der Mitte neben Britt. Bix hat sich die zweite Reihe ausgewählt – neben Crazy-Klaus. Dort wollte sie eigentlich gar nicht sitzen. Ihre Mutter ist schuld. Frau Taler kann es nicht lassen. Sie hat immer hunderttausend Ratschläge für Bix. Darunter jede Menge Peinlichkeiten. Die Hitparade:

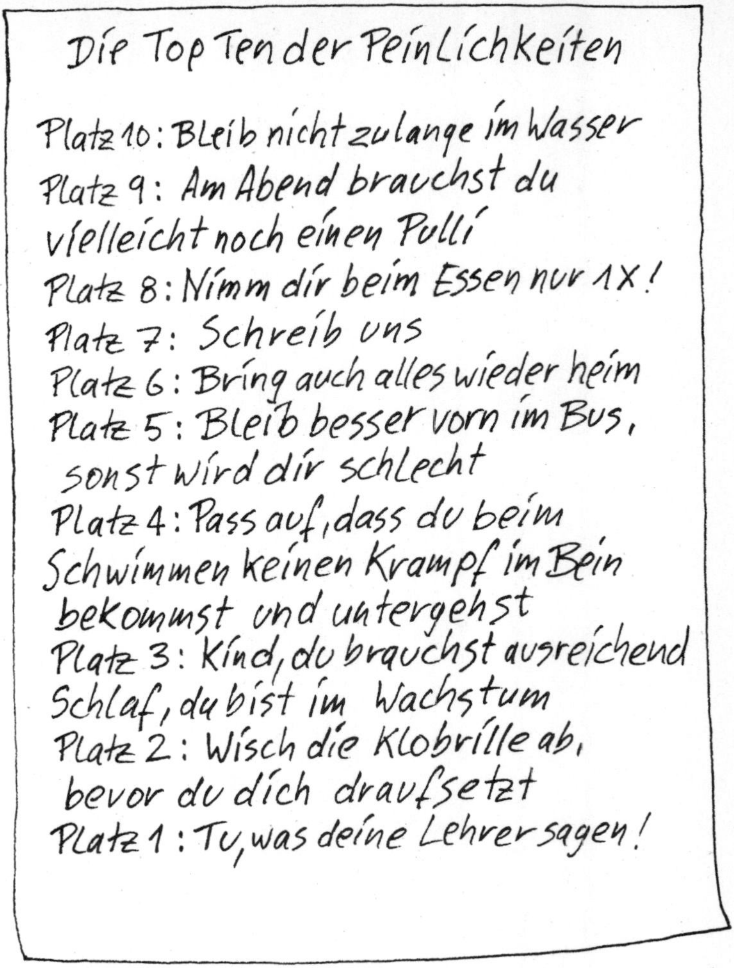

Es war Ermahnung Nummer 5, die Bix verrückt gemacht hat. Bei ihr ist es so: Sagt man „Bix, pass auf, dass du dir keine Erkältung holst!“, fängt sie auch schon an zu husten. Als sie dann endlich in den Bus einsteigen konnte, war nur noch die zweite Reihe neben Crazy-Klaus frei. Sie hatte keine andere Wahl. Ich selbst saß bereits in der letzten Reihe. Dort kann ich meine Beine am besten ausstrecken.

Um Krissi zu ärgern, haben wir also die Geheimbotschaft immer wieder nach vorn oder zurück zu mir geschickt. Hin und her.

Geheimbotschaft Nr. 3, vorne im Umschlag

Die Nachricht war doppelt gemein. Es war durchaus möglich, dass sie als Geheimschrift-Expertin unser Gekritzel entziffern konnte. Der Text würde sie aber nur noch neugieriger machen. Diese Strafe hatte sie wirklich verdient.

Bix tat mir leid. Eine Fahrt neben Crazy-Klaus muss ein Albtraum sein. Selbst neben Toffi muss es lustiger sein, obwohl er die meiste Zeit nur Süßigkeiten in den Mund stopft und wirklich keinen Scherz kapiert.

Crazy-Klaus ist durch und durch crazy. Daheim hält er sich zwei Vogelspinnen als Haustiere und ein Chamäleon. Wenn er Hausaufgaben macht, dürfen die Spinnen auf seinem Tisch herumkrabbeln, und ihr Lieblingsplatz soll sein Deutschheft sein.

Außerdem hat Crazy-Klaus dieses irre Lachen, wie ein altes Auto mit Startschwierigkeiten an einem kalten Tag. Er kann reden, ohne Luft holen zu müssen. Neben ihm ist Krissi ein stilles Mädchen. Er hat auch so völlig verrückte Hobbys wie berühmte Bauwerke aus Streichhölzern zu basteln. Angeblich steht bei ihm im Zimmer ein Eiffelturm, der fast bis an die Decke reicht.

Krissi macht sich ständig lustig über Crazy-Klaus, weil er immer zu kurze Hosen und zu weite Pullis oder zu weite Hosen und zu kurze Pullis trägt und seine Hemden und Jacken immer falsch zugeknöpft sind. Ihm fällt das aber gar nicht auf.

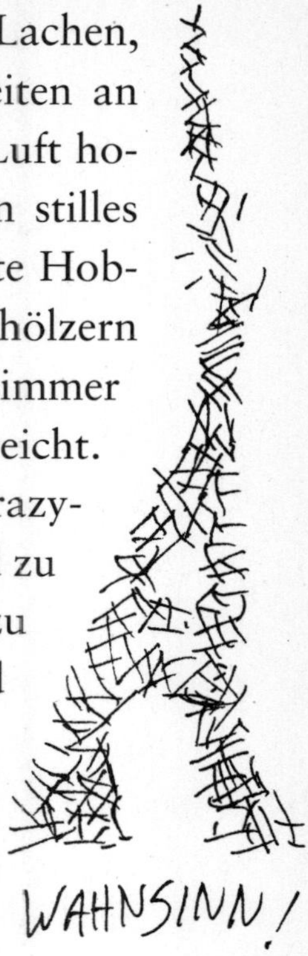

Bestimmt redet er auf die arme Bix ein, bis wir in Grünwengen aussteigen. Kann gut sein, dass ihr dort das Ohr abfällt.

Krissi

Zimmer 9, Landschulheim Grünwengen,
Montagnachmittag

Endlich angekommen!

Boris hat einen neuen Rekord aufgestellt. Wir mussten seinetwegen sechsundzwanzigmal anhalten. Dabei musste er gar nicht kotzen. Er stürzte nur jedes Mal ins Freie, wobei er die Hand auf den Mund presste, und verschwand hinter einem Busch. Wir waren nicht wirklich wild darauf, sein Würgen zu hören, aber es war schlicht und einfach gar nichts zu hören.

Misstrauisch macht mich nur eines: Einmal, als Boris wieder eingestiegen ist, hat er den Daumen in die Höhe gestreckt. Der Daumen hat Ralf, dem Grinser, gegolten. Da bin ich mir ganz sicher.

Könnten die Jungen eine Wette abgeschlossen haben? Geht's darum, ob Boris einen neuen Rekord aufstellt? Ist ihm gar nicht schlecht? Falls das stimmt, wird ihm demnächst speiübel sein. Dafür sorge ich.

Die weiblichen Wesen, die sich meine besten Freundinnen nennen, haben alles drangesetzt, mich zum Kochen zu bringen. Ist aber schiefgelaufen. Es war mir so etwas von schnuppe, dass sie diesen lächerlichen Brief die ganze Zeit hin- und herwandern ließen.

Geheimbotschaft Nr. 3, vorne im Umschlag

Grummel! Wieso kenne ich diese Geheimschrift nicht? Sie muss doch zu knacken sein. Ich schaffe das. Deshalb habe ich den Zettel dann auch behalten. Kriege schon heraus, was die zwei da zu schreiben haben. Bestimmt steht da nur: Wer das liest, ist doof. Also kindisches Zeug.

Trotzdem will ich endlich wissen, was es ist. Auf der Stelle! Ich halt es sonst nicht aus!

Übrigens gibt es hier im Heim nur Zweibettzimmer. Bix und Vanessa teilen sich die Nummer 6, wir haben die Nummer 9. Und da bin ich im Moment und strenge meine Gehirnmuskeln an.

He, ich weiß jetzt, wie der Code zu knacken ist. Die haben einfach immer zwei Buchstaben untereinandergeschrieben, den zweiten unter den ersten, dann den vierten unter den dritten. Ich muss die Buchstaben also nur von oben nach unten lesen, dann hab ich die Botschaft!

Wirklich ein Kinder-Code. Und da steht …

Was??!!!

Die zwei wollen mich anscheinend verkohlen. Dosengeist??? Was soll das denn sein? Ich wette, sie lauern jetzt nur darauf, dass ich zu ihnen gestürzt komme und sie löchere. Diesen Gefallen werde ich ihnen aber nicht tun.

Britt möchte das Landschulheim erkunden. Wir sind nämlich nicht die Einzigen hier. Aus einer anderen Schule ist noch eine Klasse da. Die ganze Woche. Hat jedenfalls Frau Schröger gesagt. Sie ist die Senior-Heimleiterin.

Noch nie zuvor habe ich einen echten Drachen gesehen. Frau Schröger ist einer. Da verwette ich das linke Ohr von Amadeus, meinem Hund. Ich wette, jeden Morgen pappt sie sich dick fleischfarbenen Verputz auf die grüne Drachenhaut, raspelt sich die Reißzähne ab und spritzt sich Löschschaum ins Maul, um das Feuer zu unterdrücken, das sie sonst spucken würde.

Im Ernst. Die Frau ist nicht zu fassen, im wahrsten Sinne des Wortes: hoch wie ein Schrank und mindestens ebenso breit und bestimmt auch noch so schwer. Normal reden kann sie nicht. Öffnet sie den Mund, um zu flüstern, klingt es schon wie Brüllen. Wenn sie nur „Willkommen“ sagt, hört es sich an wie ein Peitschenknall. Noch nie habe ich unsere Lehrer so strammstehen sehen.

Frau Kleber, die wirklich nicht auf den Mund gefallen ist, hat sogar mit zwei Fingern aufgezeigt, als sie selbst etwas sagen wollte. Wie eine Schülerin ist sie vom Heim-Drachen aufgerufen worden.

Jamie hat nur vor sich hin gegrinst.

Jamie ist der süßeste aller Lehrer, die jemals an unserer Schule unterrichtet haben.

Er kommt aus London und es gibt vier „Leider“ an ihm:

Leider hat er in unserer Klasse nie unterrichtet.

Leider spricht er oft von seinem „girlfriend“ in London, das er so sehr vermisst.

Leider geht er in sechs Wochen wieder zurück.

Und leider ist er schon so schrecklich alt. Bestimmt

über zwanzig. Außerdem kann es sehr kompliziert werden, wenn man sich in Lehrer verknallt.*

Trotzdem ist es super, dass er mit uns ins Landschulheim gekommen ist. Für die Schule zieht er sich halbwegs so an wie die anderen Lehrer – das heißt langweilig. Zum Bus ist er aber in weiten Jeans gekommen, die ihm fast bis zu den Knien hingen. Die Augenbrauen von Frau Kleber wanderten deshalb bis zu ihrem Scheitel hoch. Seine Haare hatte er zu wilden Stacheln gegelt und auf seinem Hemd stand in schrägen Buchstaben *I'm your dream boy!*.

Britt will jetzt endlich los. Ich auch. Habe das Gefühl, meinem wahren Dreamboy schon bald zu begegnen. Man spürt so etwas einfach. Jedenfalls hat das Priscilla in *Liebe hoch zwei* behauptet, einem meiner Lieblingsfilme.

Wie ich die Sache mit meinen beiden ex-besten Freundinnen hinkriege, weiß ich noch nicht. Die zwei sind aber auch wirklich harte Knochen. Ich aber bin noch härter. An mir beißen sie sich die Zähne aus.

---

*Siehe Band 17: Ups, ist das peinlich!

Vanessa

Garten im Landschulheim,
Montagnachmittag

Mir war es immer schon klar, jetzt aber habe ich einen Beweis mehr: Jungen ticken anders als Mädchen und vor allem nicht richtig.

In unserem Zimmer mieft es wie in einem Ziegenstall. Wir haben unter die Betten, oben auf den Schrank und in die Nachtschränkchen geguckt, können die Stinkquelle aber nicht ausmachen. Wie zwei Spürhunde sind Bix und ich herumgegangen und haben geschnüffelt. Der Gestank ist an allen Stellen im Zimmer gleich stark.

Sollte die Kinderfresserin, diese Frau Schröger, vielleicht vor uns die Zimmer an einen Bauern als Stall vermietet haben? Zutrauen könnte man es ihr. Diese Frau, die wie ein etwas zu schlanker Sumoringer aussieht, wäre als Monster in der Geisterbahn sicher ein absoluter Hit. Kann gut sein, dass am Ende der Klassenfahrt einige Schüler fehlen. Diese Frau Schröger frisst bestimmt ein paar.

Allerdings betont sie ständig, sie sei nur die Senior-

Leiterin, sie muss also auch noch irgendwo ein Monsterjunges haben.

Bix und mir blieb nichts anderes übrig, als die Fenster weit aufzureißen und zu versuchen, den Gestank mit frischer Luft in die Flucht zu schlagen. Wir haben Frau Kleber um ein anderes Zimmer gebeten und sie hat uns an Frau Schröger verwiesen. Nein danke!

Während also in unserem Zimmer ein Wettkampf zwischen frischer Landluft und Ziegenmief stattfand, sind wir ins Freie hinausgegangen.

Dort standen sie, gegen einen Baum gelehnt: zwei Jungen, die nicht aus unserer Klasse waren. Einer stocherte mit seinem Fingernagel zwischen den Zähnen herum, der andere sang falsch zur Musik, die aus den Kopfhörern in seine Ohren rieselte.

Im Karateunterricht haben wir ein paar Übungen gemacht, die im Körper Energie strömen lassen, lockern und die Muskeln dehnen. Nachdem ich mich gut durchgestreckt hatte, habe ich die Arme in die Luft geworfen, bin abwechselnd mit dem linken oder rechten Fuß hochgesprungen und habe den anderen nach vorn gestoßen. Alles natürlich mit tiefen Atemzügen und den Entspannungsschreien.

Der Zahnstocherer hat mich angeguckt, als hätte ich den Flohwalzer gerülpst. Ihm ist der Fingernagel zwischen den Zähnen stecken geblieben.

„Glotz nicht so!“, habe ich ihn angefahren.

Der Typ hat versucht, seinen Finger zu befreien, was aber nicht so einfach war. Er war so ein dürres Bürschchen mit schwarzen fettigen Haaren und käsigem Gesicht. Ein bisschen grufti also.

Bitte, ich habe weder Ziegel mit der bloßen Hand zertrümmert (was ich kann) noch Holzbretter durchgetreten (was ich auch kann). Ein paar Sprünge, ein paar gezielte Tritte in die Luft und dazu ein bisschen „Hhhhhaaa!“ – das war alles.

Die allerletzte Farbe war aus dem Gesicht des Zahnstocherers verschwunden. Endlich gelang es ihm, seinen Finger freizubekommen. Er stieß den Sänger mit beiden Händen an und auf dessen gelangweilten Blick hin bedeutete er ihm mitzukommen. Der andere aber wollte in der Sonne stehen bleiben. Wahrscheinlich nur, um seine Sonnenbrille Marke „Ober-Angeber“ weiter aufgesetzt lassen zu können. So ist Mister Zahnstocher also allein abgezogen.

Bix war beeindruckt.

„Der hat Angst vor dir“, meinte sie.

„Jämmerliches Würstchen“, lautete mein Kommentar dazu.

Beide verstanden wir aber etwas nicht: Wieso hatte der eine Junge Angst und der andere nicht? Wer waren die beiden denn überhaupt? Bestimmt von der anderen Klasse, die das Heim-Ungeheuer erwähnt hatte. Krissi war ganz quirlig geworden, als sie von der zweiten Klasse hörte.

Hoffentlich hat unser Zimmer bald ausgeziegt – das heißt: Der Ziegenmief ist draußen.

Frau Kleber hat uns einen Rundgang durch Grünwengen verordnet. Das wird kurz. Das Nest besteht nur aus ein paar Häusern. Damit wir nicht sofort wieder vor der Bude stehen, in der wir eine Woche wohnen sollen, müssen wir auch noch die einzige Sehenswürdigkeit von Grünwengen besuchen: den See.

Sehr spannend. Viel Wasser. Ich bin schon ganz aufgeregt.

BIX

Bank am See von Grünwengen, Montagnachmittag

Hilfe!

Wie ist er in meinen Rucksack gekommen? Habe ihn eben erst gefunden, als ich mein Tagebuch herausnehmen wollte. Jemand muss ihn heimlich hineingesteckt haben. Aber wer, wann, wo und wie?

Ein Fall für Miss Bix. Muss aber zugeben, einen Mord aufzuklären wäre mir lieber.

Ich kann noch immer nicht fassen, was in dem Brief steht. Ja, es hat mir jemand einen gefalteten Zettel heimlich in den Rucksack gestopft. Der Zettel regt mich nicht so auf, aber das, was draufsteht.

Liebesbrief Nr. 1, vorne im Umschlag

Was soll das heißen?

Ich brauche so etwas nicht. Bestimmt ist das nur ein beknackter Scherz, über den ich wirklich nicht lachen kann.

Wer hat das geschrieben? Wie kann ich das herausbekommen? Am besten wäre es, die Handschrift zu untersuchen. Sicher müssen wir Ansichtskarten nach Hause schreiben. Ich könnte dann herumgehen und Ausschau nach der Handschrift halten.

Kleines Problem: Damit ihn ganz sicher niemand anderer liest, habe ich den Zettel in mikroskopisch kleine Fetzchen zerrissen und in drei verschiedene Mülleimer geworfen.

Ob der unbekannte Briefschreiber noch einmal zuschlägt? Ab sofort werde ich besser auf meinen Rucksack aufpassen. Vielleicht bekomme ich die Hand zu schnappen, die hineinfasst.

Mir fällt dieser Horrorfilm ein, den wir bei Krissi vor ein paar Wochen angesehen haben. Ihre Eltern und ihre Brüder waren nicht zu Hause. Die DVD hatte sich eigentlich Krissis ältester Bruder Caesar ausgeliehen. Es ging darin um ein paar Mädchen und Jungen, von denen einer bei einer Party auf den Klippen ausrutscht und ins Meer stürzt. Der Junge ertrinkt und die anderen tun so, als wären sie unschuldig, weil sie Angst vor einem Prozess haben.

Dann aber meldet sich eine Stimme am Telefon und behauptet, alles gesehen zu haben. Zuerst verschwindet ein Mädchen, dann ein Junge und die Stimme kündigt an, nicht zu ruhen, bis der Tod des Jungen gerächt ist.

Wir drei haben den Film vom grässlichen Anfang bis zum blutigen Ende angesehen. Danach hockten wir eng aneinandergepresst auf dem Sofa und wagten nicht mehr, uns zu bewegen. Draußen war es mittlerweile finster geworden, aber keine von uns wollte aufstehen und zum Lichtschalter gehen, dabei waren es höchstens fünf Schritte.

Erst nach einer halben Ewigkeit hat Vanessa Mut gefasst und ist losgelaufen.

Der Brief kommt mir ein bisschen vor wie die schreckliche Stimme am Telefon. Vielleicht ist das so ein Knacko, der mich verfolgt und ständig beobachtet. Es könnte ein Wahnsinniger aus Grünwengen sein, der endlich ein Opfer gefunden hat. In der Fernsehsendung über ungeklärte Kriminalfälle lief einmal ein Bericht über genau so einen Typ.

Fühle mich auf einmal von Blicken gelöchert. Aus allen Richtungen werde ich angestarrt. Hilfe, es gibt mehrere Knackos.

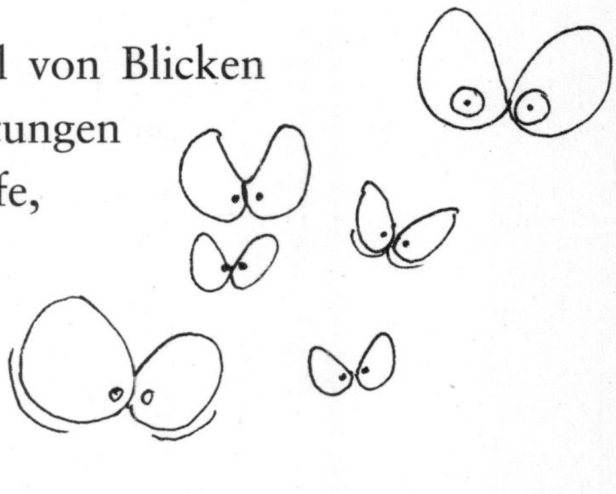

Krissi

Hundehütte hinterm Landschulheim, Montagabend

Herzstillstand!

Ich habe ihn gesehen!

Er ist da!

Wie soll ich ihn nennen? Seinen richtigen Namen kenne ich noch nicht. Wie wäre es mit Sweetheart?

Klingt kitschig.

Traumprinz ist besser. Britt nennt den anderen Jungen, der ein Freund von meinem Traumprinzen sein muss, ein „echtes Schnuckelchen“.

Also bitte! So reden alte Tanten. Bin enttäuscht, dass selbst Britt keine bessere Bezeichnung einfällt. In meinen Mädchenheften gibt es immer Wettbewerbe: Von den verrückten Fingernägeln bis zu bemalten Jeans – für alles Mögliche sollte man schon Namen erfinden. Das richtige Wort für einen Jungen, dem eine gegelte Locke in die Stirn hängt und dem Funken aus den frechen Augen sprühen, wurde aber noch nie gesucht. Dabei bräuchte ich das jetzt dringend. Molto dringend, wie die Italiener sagen würden. Moltissimo.

Jetzt ist mir ein Wort eingefallen. Wie wäre es mit …

Geheimbotschaft Nr. 4, vorne im Umschlag

Das Grübchen im Kinn von ihm macht mich ganz wahnsinnig und dieser verträumte Blick!

Wo seht ihr bei Jungen als Erstes hin? So hat die letzte Umfrage in *Kitty*, meiner Lieblingszeitschrift, gelautet. Jetzt könnte ich die Frage auch beantworten: eindeutig in die Augen, dann auf den Mund und als Drittes auf die Hände.

Mein Dreamboy trägt ein weißes T-Shirt und kakifarbene Shorts. Er sieht wirklich süß aus.

Nein, er macht mir keinen Herzstillstand, sondern Herzflattern. Jetzt spüre ich es. Werde die ganze Nacht kein Auge zutun können. Fühle mich wie an dem Abend, als ich zwei Flaschen Cola getrunken habe.

Wie soll ich es überleben, dass so ein süßer Typ wie er mich niemals bemerken wird? Ich kann doch nicht einfach zu ihm hingehen und sagen: „Tag, Dreamboy, ich bin Krissi und voll in dich verknallt."

Hölle! Hilfe! Krise!

Obwohl Britt das genau so macht. Sie hat zwar nicht „Hallo, Dreamboy!" gesagt, aber der Freund des Jungen, der bei mir Schweißausbrüche verursacht, ist ja auch kein Dreamboy, sondern eben nur ein Schnuckelchen. Ganz niedlich. Hat ziemliche Muskeln und spielt, wie Britt schon herausgefunden hat, Rugby. Sonst ist er vor allem blond. Seine Augen mag ich nicht. Sie sind zwar blau, und das ist nicht nur meine eigene Augenfarbe, sondern auch meine Lieblingsaugenfarbe. Trotzdem ist da etwas, was ich nicht mag. Der Junge sieht einen nicht richtig an. Er guckt durch einen durch.

Oh, sein Name ist übrigens Gregor. Wirklich bewundernswert, wie Britt das in nur ein paar Minuten aus ihm herausgekitzelt hat. Ob sie für mich mehr über meinen Dreamboy herausfinden kann?

Die Jungen haben auf dem Parkplatz des Landschulheims Fußball gespielt, als wir von diesem elend langweiligen Gelatsche zurückgekommen sind. Es waren natürlich noch mehr Jungen, aber Dreamboy und Gregor sind uns sofort aufgefallen.

wie David Beckham – oder?

„See you“, hat sich Gregor von Britt verabschiedet. „Heute beim Abendessen.“

Ich kriege einen Anfall. Wir sehen die beiden vielleicht in wenigen Minuten schon wieder.

Das Essen soll übrigens recht lecker sein. Dafür ist Frau Schröger junior zuständig. Laut Gregor ein wirklich nettes „Schnittchen“.

He, wie reden Jungen über uns Frauen? Da ist ja Schnuckelchen ein Kompliment.

Seufz! Noch neun Minuten, bis wir in den Speisesaal gehen. Zu früh will ich nicht dort sein. Das sieht gierig aus. Möchte wirklich keinen verfressenen Eindruck auf meinen Dreamboy machen. Und er soll nicht denken, ich würde mich freuen, ihn wieder zu sehen. Die eiskalte Schulter werde ich ihm zeigen.

Äh … aber ich muss wohl eher aufpassen, dass mir die Augen nicht aus dem Kopf springen, wenn ich ihn sehe.

Vanessa

Im Speisesaal, Montagabend

Krissi schwebt im siebten Jungen-Himmel.

Mir kommt das, was wir hier erleben, eher vor wie die Versteigerung von Grunzochsen. Die zweite Klasse, die im Landschulheim wohnt, besteht aus siebzehn Jungen und nur drei Mädchen.

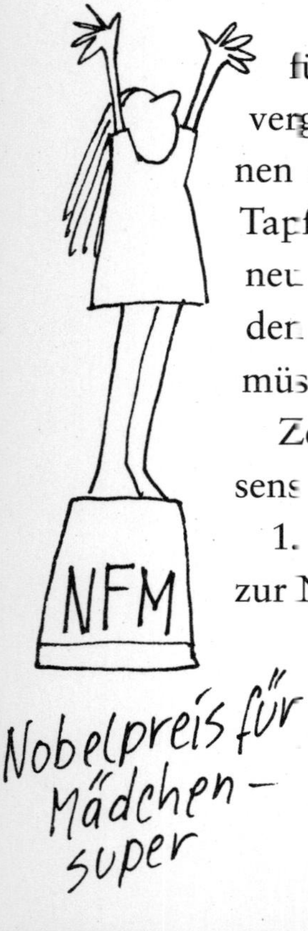

Hiermit schlage ich diese drei Heldinnen für die höchsten Preise vor, die die Welt zu vergeben hat. Gebt ihnen den Oscar, gebt ihnen die Goldene Kamera, den Bambi und die Tapferkeitsmedaille und dazu auch noch den neu eingeführten Nobelpreis für Mädchen, die den ganzen Tag eine Horde Jungen aushalten müssen!

Zehn Beispiele, was Jungen während des Essens tun:

1. Ohne Grund lachen, bis ihnen die Suppe zur Nase raustropft.

2. Aus Brot kleine Kugeln formen, die sie mit den Löffeln durch die Gegend schießen.

3. Sich gegenseitig ansehen, losprusten und dabei ihr Essen aus dem Mund nach allen Seiten versprühen.

4. Testen, wie weit Suppe spritzt, wenn man mit dem Löffel hineinschlägt. Meine kleine Schwester Wanda hat das getan, als sie zwei Jahre alt war, die Jungen hier behaupten, zwölf zu sein. Ich vermute, es handelt sich bei ihnen um das geglückte Experiment, Zweijährige mit Hormonen vollzustopfen, bis sie aussehen wie Zwölfjährige! – Ha, Vanessa, das ist super. Das muss ich allen anderen erzählen. Vielleicht nicht unbedingt Krissi. Die hat wenig Humor bei diesem Thema.

5. Sich die Backen vollstopfen wie Hamster vor dem Winter.

6. Mit offenem Mund kauen. Würg! Würg! Doppelwürg!

7. Alles in kleine Stückchen zerschneiden und anschließend mit dem Löffel in den Mund schaufeln, während sie mit dem anderen Arm auf dem Esstisch lehnen.

8. In Nase und/oder Ohren bohren.

9. Sich mit der Gabel am Rücken kratzen.

10. Schmatzen, schmatzen, schmatzen!

Kaum zu glauben, aber wahr: Britt hat sich tatsächlich schon an ein blondes Wesen herangemacht, das ständig die Brust rauswirft und die Schultern bläht, als wollte es eine Tür verbreitern.

Noch müssen die beiden Klassen getrennt sitzen: wir auf der linken Seite des Speisesaals, die anderen auf der rechten. Der Klassenlehrer der „Fast-nur-Jungen-Klasse“ ist ein kleiner Mann, der ständig in die Hände klatscht und niemals leise redet, sondern immer schreit. Er sagt auch nicht „Junge, Klappe zu!“, sondern „Wir sind jetzt alle mal still“.

Pech für ihn, der einzig Stille war er, die anderen haben weitergequasselt.

Der Zahnstocherer war natürlich auch da. Er hat in einer Ecke gehockt und ständig so komisch zu mir herübergelinst. Krissi würde jetzt bestimmt sofort zu fantasieren beginnen, dass er auf mich stehe, sich das aber nicht zu sagen traue. Jedenfalls benimmt er sich wie meine kleine Schwester Wanda mit drei Jahren. Da hat sie auch ständig alle Leute angestarrt, aber wehe, jemand hat sie angesehen, da hat sie sofort zu heulen begonnen. Na gut, der Zahnstocherer heult nicht, aber er dreht sich sofort weg, wenn ich ihm einen bösen Blick zuwerfe.

Bix ist ziemlich eigenartig. Sie hat den Kopf eingezogen, als könnte die Deckenlampe herunterfallen. Ständig guckt sie prüfend nach links und rechts. Wovor hat sie Angst? Dass der Bus hier durchfährt?

Drei Dinge, die mich wild machen:

Nummer eins: ungeschälte Tomaten

Nummer zwei: rohe Zwiebeln

Nummer drei: Getuschel hinter meinem Rücken

Was gab es zum Abendessen? Tomatensalat mit rohen Zwiebeln. Zum Glück auch Kartoffelauflauf, der aber ohne Salat ein wenig nach aufgeweichter Schmierseife schmeckte.

Und was musste ich noch feststellen? Aus der Ecke des Zahnstocherers kam ständig Getuschel. Es war allerdings so laut im Saal, dass ich nichts verstehen konnte. Vanessa, die Trickreiche, hat Verdacht geschöpft und den Suppenlöffel als Rückblickspiegel benutzt. Ich hatte da nämlich das Gefühl, jede Menge Blicke im Rücken zu haben, wie dünne Nadeln.

Was sehe ich? Rund um den Zahnstocherer tuscheln ein paar Jungen und gucken ständig zu mir herüber. Mit einem Ruck habe ich mich zu ihnen gedreht, worauf sie – genau wie ihr Zahnstocherer-Meister – sofort die Köpfe gesenkt und so getan haben, als würden sie essen.

Die werden mich noch kennenlernen.

BIX

Vor dem Speisesaal, Montagabend

Krissi macht Augen wie eine Kuh.

Ehrlich.

Sie starrt diesen Jungen mit der gelackten Locke an, als hätte er drei Nasen und sieben Arme. Aus diesem Grund hat sie sich sogar Suppe auf ihre neuen knallorangefarbenen Shorts geschaufelt. Sie hat vor lauter Glotzen mit dem Löffel den Mund nicht gefunden, die Suppe aber trotzdem abgesetzt.

Nach dem Essen hat Frau Kleber diesen Winzling begrüßt, der der Klassenlehrer der anderen zu sein scheint und ständig mit singender Stimme verkündet: „Wir essen jetzt in Ruhe. Wir benehmen uns! Wir machen nicht so viel Krach!"

„Tun Sie nur, Herr Schneeburg!", hat ihm Krissis Schwarm zugerufen. Da die Jungen aber so viel Krach machen, hat der Lehrer es gar nicht gehört.

Nach dem Essen hat Britt Krissi zu einem blonden Jungen geschleift, der etwas von einer Schaufensterpuppe hat. Krissi wollte nicht und hat sich gewehrt, aber Britt war unerbittlich. Ich bin etwas näher herangegangen, weil ich wissen wollte, was abgeht.

„Meine Freundin Krissi“, stellte Britt Krissi vor. Den blonden Schaufenstertyp sprach sie mit Gregor an. Gregor wiederum stellte die Lacklocke als Niklas vor.

Niklas ist eindeutig nicht so ein Holter-die-Polter-Typ wie Gregor. Er hat ganz verlegen gegrinst und Krissi auch. Leider sind dann ein paar andere genau zwischen den vieren und mir stehen geblieben und ich habe nichts mehr gesehen oder gehört.

Dafür habe ich jetzt rote Flecken auf meinem Lieblings-T-Shirt. Eines der drei Mädchen aus der anderen Klasse hat mir nämlich den Teller samt Pudding und Erdbeersoße auf den Bauch geklatscht. Sie ist eines dieser Mädchen, die aussehen, als würden sie jeden Moment losheulen. Deshalb habe ich auch nicht getobt, wie ich es etwa bei Felix getan hätte.

„Das tut mir schrecklich leid, entschuldige, ich wasche es dir auch oder gib es mir mit, meine Mutter ist wirklich großartig. Sie bekommt alle Flecken aus der Wäsche“, hat sie auf mich eingeredet und gleichzeitig mit einer grünen Papierserviette zu reiben begonnen. Rund um den roten Fleck kamen jetzt auch noch grüne Streifen dazu. „Ich bin so furchtbar ungeschickt. Es tut mir leid. Mein Vater sagt immer, ich hätte zwei linke Füße und zwei linke

Hände.“ Das Mädchen redete wie bei einem Weltrekordversuch im Schnellsprechen und klebte mit dem Gesicht fast an meinem Bauch. Sie trägt eine schrecklich große Brille, die sie wie eine Eule aussehen lässt.

„Lass nur“, habe ich gesagt, als sie kurz Luft geholt hat.

Sie hat sich aufgerichtet und nach meiner Hand gegriffen. Ihre Hände waren klebrig und voll mit feinen Papierserviettenfetzchen.

„Ich bin die Doris“, hat sie verkündet und mir fast den Arm ausgerissen, so fest hat sie mir die Hand geschüttelt.

„Bix!“, konnte ich sagen, aber es muss geklungen haben, wie „Bi-ix-ix-ix-ix-ix“.

Doris wollte das T-Shirt gleich morgen ihrer Mutter zum Waschen schicken. Natürlich habe ich abgelehnt. So schlimm war der Fleck nun auch wieder nicht. Dieser jedenfalls. Doris war so erleichtert, dass sie mir sofort eine Dose Kirsch-Cola angeboten hat. Die braunroten Flecken, die das Zeug macht, sehen hartnäckiger aus. Irgendwie hat sie es geschafft, mir mindestens die halbe Dose über das T-Shirt zu leeren und die andere Hälfte über meine Jeans. Ausgerechnet über meine neue Jeans.

Vor lauter Entsetzen hat sie die Hände vors Gesicht geschlagen und herumgejammert.

„Ich bin ja so ungeschickt. Zwei linke Hände, wie mein Vater immer sagt.“

Bevor sie auch noch meine Stoffschuhe mit Tomatensalat oder fettigen Kartoffeln bekleckern konnte, habe ich mich schnell verzogen.

Krissi

In einer Besenkammer, Montagnacht

Werde hier nie wieder rausgehen. Fühle mich schon richtig wohl zwischen den Flaschen mit Putzmittel, den Kehrbesen und den Stapeln von Laken und Kissenbezügen. Es ist auch gar nicht unbequem, auf einem umgedrehten Eimer zu hocken, und das Dröhnen des Heißwasserboilers, der immer wieder anspringt, ist sicher nicht schlimmer als diese Folter, bei der einem Gefangenen jede Minute ein Tropfen Wasser auf den Kopf fällt.

Diese Besenkammer ist auf jeden Fall besser als mein Zimmer. Dort liegt eine Britt, die gerade die längste

Lobrede der Welt auf einen Jungen namens Gregor hält, den sie überhaupt noch nicht kennt.

Bestimmt aber wird sie ihn in dieser Woche besser kennenlernen.

Mir wird das gleiche Glück mit Niklas nicht gegeben sein. Es ist alles meine Schuld und aus diesem Grund ist es wohl am besten, ich verstecke mich in der Besenkammer bis zu unserer Abfahrt. Heimlich in der Nacht kann ich ja in die Küche schleichen und die Reste des Abendessens holen. Verhungern werde ich schon nicht, und eine Woche lang die Zähne nicht zu putzen, kann nicht das Ende der Welt sein.

Auf einer Dummheitsskala von null bis hundert habe ich bestimmt die Marke zweihundertfünfzig geschafft. Wie hat mir das nur passieren können?

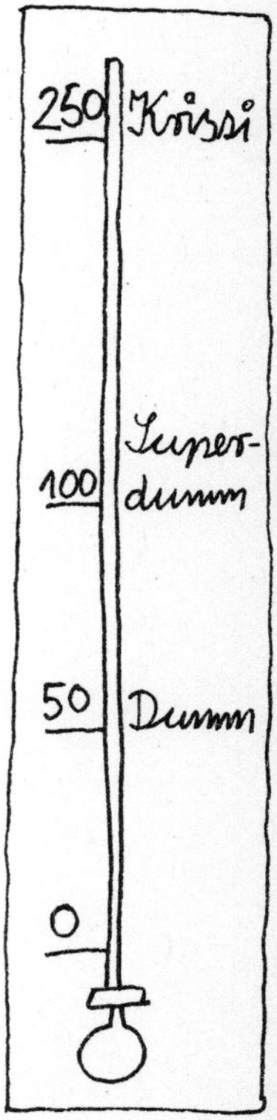

Zuerst lief alles so gut: Britt hat mich zu Gregor und seinem Freund geschleppt und uns vorgestellt.

Niklas ist wirklich schlimmer als die Herztropfen meiner Urgroßmutter, von denen sie immer behauptet, diese würden ihr Herzklopfen verursachen wie bei ihrer ersten großen Liebe. Mein Herz jedenfalls hat gerattert.

Er hat nichts gesagt und nur scheu gelächelt.

Ich habe auch nichts gesagt, weil mein Kopf

ungefähr genauso leer war wie ein Freibad bei minus 40 Grad.

„Schon lange da?“, hat er endlich gefragt und damit verhindert, dass ich mich wie ein Drillbohrer in den Boden versenkt habe. Genau danach war mir nämlich zumute.

„Seit zwei Uhr“, habe ich geantwortet.

Dabei klang meine Stimme nach Minnie-Maus. Peinlich. Voll peinlich.

„Wir haben heute Magic Cards gespielt“, begann Niklas zu erzählen.

Mir entschlüpfte ein staunendes „Wooow!“.

„Kennst du Magic Cards? Du bist das erste Mädchen, das Magic Cards kennt!“ Niklas konnte sich vor Begeisterung kaum einkriegen.

Was macht man in solch einem Augenblick? In meinen Lieblingsserien gab es nie so eine Situation. Und in meinen Heften hat das auch noch nie gestanden. Natürlich hatte ich überhaupt keine Ahnung von Magic Cards. Ich wusste nur, dass mein Bruder Antonius ein halbes Vermögen für diese komischen Karten ausgegeben hatte.

Niklas war nicht mehr zu bremsen. Er schwärmte von Zauberkraft und Kristallen, von Gnomen und Schlössern und von zerbrochenen Zauberstäben.

„Echt cool, einfach das beste Spiel“, habe ich ihm beigepflichtet.

„Findest du die Cyberborgs besser oder die Gamecubes?“, wollte er dann wissen.

Natürlich hatte ich wieder keinen Plan, was ich antworten sollte. Cyber klang immer gut und deshalb habe ich ganz fachmännisch erklärt, dass für mich nur die Cyberborgs infrage kämen.

Und dann hat Niklas einen kurzen Satz gesagt, der alles vernichtet hat. Es war sicher die kürzeste Romanze der Geschichte, obwohl das natürlich auch schon was ist! Noch jetzt würde ich mir am liebsten ständig eine knallen und mit einem Holzhammer auf meinen Kopf dreschen.

Wieso habe ich nicht gleich gestanden, wie völlig egal mir Magic Cards sind. Antonius hat einmal zwei Stunden lang versucht, Paps die Regeln zu erklären, bis dieser am Ende eingeschlafen ist!

Niklas sagte: „Bei Magic Cards gibt es weder Cyberborgs noch Gamecubes!“

Wusch! Das Blut, das gerade noch in meinem Herzen seine Übungen ausgeführt hatte, schoss nach oben durch meinen Hals und direkt in jedes Blutgefäß meines Gesichts. Meine Nase muss geleuchtet haben wie bei Rudolph, dem Rentier, das den Schlitten des Weihnachtsmannes durch den Schnee ziehen darf. In einem solchen Augenblick wünsche ich mir nur eines: einen

Hebel, den ich ziehe und der eine Falltür öffnet. Klappe auf und ich kann für alle Zeiten verschwinden.

So aber sitze ich in der Abstellkammer und höre den Sekundenzeiger meiner Uhr ticken.

Hölle! Hilfe! Krise! Wie konnte mir das passieren? Einen Dreamboy wie Niklas trifft man nicht jeden Tag. Ich bin ruiniert. Die Nacht wird zu Ende sein und ich werde entdeckt werden. Bestimmt schleift man mich dann in den Speisesaal und wirft mich Niklas vor die Füße.

Von allen Seiten werden sich Jungen und Mädchen über mich beugen und mich verspotten und auslachen.

Ich bin verloren.

Stopp, Krissi! Jetzt wirst du so wie Bix. Sie ist die Schauspielerin von uns dreien, die auf Befehl Tränen aus den Augen spritzen lassen kann.

Jetzt kenne ich den Unterschied

Ich bin nur die dümmste Gans der Welt. Nein, das ist eine Beleidigung für die Gänse. Ich bin ein Haufen Stroh, sonst nichts.

Nur ein paar Stunden hier und schon ruiniert. Alles meine Schuld.

Draußen schleicht Britt herum und ruft nach mir. Sehr leise, aber doch hörbar. Ich muss die Tür öffnen und mich bemerkbar machen.

VANESSA

Am See, Dienstagnachmittag

Ich werde in die Geschichte von Grünwengen eingehen als „Vanessa, die Jungen-Verknoterin". Noch in hundert Jahren wird man einen der nächsten Tage hier feierlich im Gedenken an die Person begehen, die ich in meine Finger bekommen und zu einem Knäuel verarbeitet habe.

Bestimmt wird mir sogar ein Denkmal gesetzt. Man wird mich sehen, wie ich einem Jungen die Arme und Beine zu einem Knoten binde, den keiner mehr öffnen kann. Bestimmt werden mich die Mädchen des Ortes feiern und die Jungen werden sich an diesem Festtag im tiefsten Keller verkriechen, weil es Mädchen erlaubt sein wird, das Gleiche zu tun wie ich.

Meine Finger jucken bereits. In letzter Zeit habe ich diese Folge von Tritten und Handkantenschlägen oft trainiert, mit denen ich selbst einen Zweihundert-Kilo-Mann flachlegen kann. Es wird mir nützen, seit Anfang des Jahres kein Training ausgelassen zu haben.

Ja, die Jungen werden Bestätigung erhalten. Ja, sie werden Recht bekommen. Ja, ich werde vor den Anstifter treten, ihm die Zettel vor die dreckigen Schuhe schleudern und sagen: „Ja, du hast so Recht. Alles, was du schreibst, ist wahr. Deshalb wirst du jetzt auch alles zu spüren bekommen, du jämmerliche Gestalt, die sich Junge nennt."

Die Sache mit den Zetteln hat heute Morgen begonnen. Bix hat den ersten an unserer Zimmertür entdeckt. Aber auch nur, weil davor schon mehrere aus unserer Klasse standen und kicherten.

Das stand auf dem Zettel.

Ich habe ihn gelesen, von der Tür gerissen und mit nur einer Hand zu einem Bällchen zerknüllt.

Der nächste hing an der Klinke zu dieser muffigen Kammer, die hier Badezimmer heißt.

Witzig! So witzig! Ich lache bestimmt, wenn unsere Galaxie auf Stecknadelkopfgröße schrumpft, was in ungefähr zwanzig Milliarden Jahren geschehen soll.

Auf einem Spiegel in der feuchten Kammer, in der ein Loch in einem Wasserrohr schon Dusche genannt wird, klebte ein Zettel mit dem überaus witzigen Spruch:

Ganz ehrlich, ich bin wahnsinnig wütend geworden. Normalerweise passiert mir das nicht. Da schaffe ich es, Ruhe zu bewahren. Ich zähle beim Einatmen bis drei und beim Ausatmen bis sechs und selbst Wanda erscheint mir dann wie ein Lämmchen mit Kulleraugen.

Hier hat es nicht geklappt. Das Einatmen habe ich noch geschafft, aber schon bei zwei ist mir fast die Brust geplatzt, weil ich so tief geschnauft habe. Das Ausatmen war ein befreiender Schrei. Die arme Bix hat vor Schreck fast die Zahnbürste verschluckt. Bix wird in solchen Momenten immer wie ihre Mutter und hat versucht, mich zu beruhigen. Sagt man aber zu mir ständig „Reg dich nicht so auf", dann rege ich mich gleich doppelt und dreifach auf.

Der Weg zum Speisesaal führt durch mehrere Flure und eine kleine Halle. Überall hingen diese Zettel:

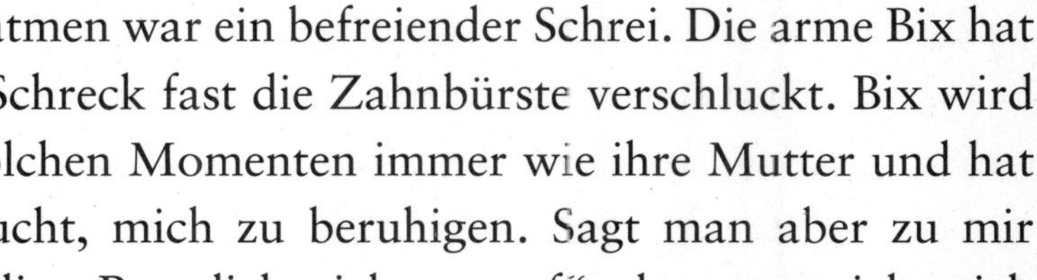

Ich wollte nur eines: den Kopf, dem diese beknackten Sprüche entsprungen waren. Am liebsten möchte ich ihn auf einem Tablett serviert bekommen.

Natürlich gab es beim Frühstück kein anderes Thema als mich. Wenn jeder Blick ein Stich wäre, dann könnte ich Fakir werden. Bestimmt habe ich ein paar Hundert Nadeln in mir stecken. Im ganzen Speisesaal haben alle die Köpfe zusammengesteckt und getuschelt, getuschelt und getuschelt.

Besonders witzig fand sich der Junge, der gestern am Baum gelehnt und Musik gehört hat. Er ist eines dieser Bürschchen, die so lang und schmal sind, dass man glauben könnte, sie seien eben aus einer Schrottpresse entkommen. Mit ausgestrecktem Arm hat er sich an mich herangemacht, als könnte ich ihn jederzeit anspringen, so viel Abstand wie möglich gehalten, dann aber einen Sprung nach vorn gewagt und mich kurz berührt.

„Aua!“, hat er gerufen und seine Hand geschüttelt. „Sie ist eine Feuerqualle. Ich habe mich verbrannt.“

Großes Gelächter rundherum, eine Bix, die mich mit beiden Händen am Oberarm festgehalten hat, damit ich dem Jungen nicht jeden Knochen einzeln zerbrösle, und Lehrer, die nur trübe in ihre Kaffeetassen geglotzt haben.

So hat der Tag begonnen!

Wenigstens ist es heiß und wir sind gleich an den See

gegangen. Dort bin ich erst einmal geschwommen. Eine ganze Stunde lang. Mit den Füßen habe ich das Wasser getreten, mit den Armen habe ich es geschlagen und meine Wut ist ein bisschen kleiner geworden. Auf einmal ist dann ein Ruderboot neben mir aufgetaucht und ein sehr besorgtes Gesicht hat sich zu mir heruntergebeugt. Es gehörte Jamie.

„Bist du in Seenot?“, erkundigte er sich.

Nein, das war ich nicht. Der See hatte nur meinen Zorn zu spüren bekommen.

„Willst du einsteigen? Ich raufe dich zurück!“, bot er an. Er meinte sicher „rudern“, aber sein Deutsch war nicht sehr gut und wir Schüler bringen ihm auch gern falsche Wörter bei.

Zum Beispiel hat Antonius dem Mister aus London eingeredet, „Jauche“ sei das allerhöchste Lob für guten Kaffee. Angeblich hat der Austauschlehrer dann zu unserer Direktorin gesagt, der Kaffee, den sie in ihrem Büro serviere, sei wirklich Jauche!

Während ich so neben dem Ruderboot Wasser getreten habe, bin ich auf einmal ganz schrecklich müde geworden. Und deshalb habe ich mich auch gern von Jamie hochziehen lassen. Sogar ein großes Handtuch hatte er dabei.

„Alles okay?“, fragte er mit seinem treuherzigen Blick. Zuerst habe ich genickt, dann den Kopf geschüttelt. Er hat nämlich nicht aufgehört, mich prüfend anzusehen. Ich habe ihm von den Zetteln erzählt und er hat, die Arme nach hinten auf die zweite Ruderbank gestützt, zugehört.

„It must be hot love", war sein Kommentar.

Hot love??? Beinahe wäre ich aus dem Boot gekippt.

Jamie nickte wissend. „Liebst du jemanden und kannst du ihn nicht kriegen, machst du eine Witzfigur aus der Verehrung."

„Aus der Verehrten!", verbesserte ich ihn. „Oder Angebeteten!"

Halt! Was redete ich da?

„Richtig! Aus der Angebeteten!" Jamie nickte zufrieden über das neue Wort.

Nein, das kann nicht sein. Nur ein Knallkopf tut so etwas. Allerdings fallen in diese Kategorie ungefähr 99 Prozent aller Jungen.

„Oder hast du einen Anbeter versäuert?"

Wie bitte?

Was meinte er?

„Sauer gemacht?", hakte ich nach.

Jamie nickte heftig. „Ein versauerter Anbeter kann auch haben verrückte Ideen."

Hilfe! Das wurde immer schlimmer. Ich wollte nicht mehr über dieses Thema reden und klapperte mit den Zähnen. Jamie ist ein echter Gentleman und hat mich sofort zurück an Land gerudert.

Hier sitze ich nun, im Schatten dieses gelben Häuschens, in dem wir uns umziehen, und mein Entschluss steht fest: Ich werde diesen Wahnsinnigen finden, der solchen Unsinn über mich verbreitet, und dann … gnade ihm Gott!

BIX

Am Badesee,
Dienstagnachmittag

Er hat schon wieder zugeschlagen.

Und wieder habe ich nichts bemerkt. Der Zettel lag diesmal in meinem Handtuch. Ich war nur kurz im Wasser, um einmal unterzutauchen, und wollte meine Badesachen nicht aus den Augen lassen. Dazwischengekommen ist mir dann aber diese Doris. Sogar beim Schwimmen trägt sie ihre Eulenbrille. Mit beiden Armen winkend ist sie auf mich zugelaufen. Das Wasser hat bei jedem Schritt nach allen Seiten gespritzt. Zuerst fällt das Ufer nur sehr sanft ab, nach ein paar Metern macht es jedoch einen Knick. Doris schien das nicht zu wissen.

„Hallo, Bix!", rief sie oder wollte sie rufen. Das „Bix" ging aber schon im Blubbern unter, weil sie keinen Boden mehr unter den Füßen hatte und versunken ist. Aufgetaucht ist sie schnell wieder. Prustend und spuckend. Ihre Haare klebten nass an der Stirn und die Eulenbrille war weg. Noch nie habe ich einen Menschen so panisch werden sehen. Anfälle dieser Art kenne ich nur von Felix, wenn er kein Eis bekommt oder ich sein Lieblingsauto versteckt habe und ihm nicht verrate, wo es ist.

Doris hat wild um sich geschlagen, nach Luft geschnappt, dabei Wasser geschluckt, gehustet und gewürgt. Gurgelnd ist sie wieder untergegangen.

„Brille! Brille!“, waren die einzigen Worte, die sie außer Seewasser ausgespuckt hat. Halt suchend hat sie mit den Händen auf die Wellen geschlagen und ist erneut versunken. Zur Rettungsschwimmerin habe ich zwar kein Talent, aber natürlich bin ich zu der Stelle gestrampelt, an der ich Doris zuletzt gesehen hatte. Etwas hat mich am Bein gepackt und im nächsten Augenblick schlug das Wasser über meinem Kopf zusammen und auch mir blieb die Luft weg.

Doris hatte mein Bein als Rettungsleine verwendet und um ein Haar uns beide dabei ertränkt. Es war nicht einfach, aber schließlich bekam ich sie an der Schulter zu fassen und zerrte sie nach oben. Sie prustete und japste und zitterte am ganzen Körper.

„Ganz ruhig, alles ist gut“, habe ich ständig zu ihr gesagt und sie Richtung Ufer geschleppt.

Als das Wasser seichter wurde, hat sie sich einfach niedersinken lassen und zu heulen begonnen. Sie erinnerte mich an eine gestrandete Nixe, nur leider waren ihre Tränen keine wertvollen Perlen.

„Mein Vater reißt mir den Kopf ab“, hörte ich aus

dem Schluchzen heraus. „Die Brille ist ganz neu. Er hat sie erst vor einem Monat gekauft."

Was sollte ich denn jetzt nur machen? Ich habe mich nach den Lehrern umgesehen. Die durchschwammen aber gerade mit einer ganzen Gruppe von Schülern den See. Deshalb war niemand in der Nähe, der uns hätte helfen können.

Ich selbst bin nicht gerade eine schlanke Nixe. Deshalb lege ich auch das Tuch nicht gerne ab, das mir Ben von einer Reise aus Südfrankreich mitgebracht hat. Dort binden sich viele Frauen solche bunten Tücher um den Körper, wenn sie an den Strand gehen. Man kann damit sehr gut die Speckfalten verdecken.

Mein Speck, der einfach nicht so schnell weggeht, wie ich das gern hätte, trägt mich auf dem Wasser wie eine Schwimmweste. Beim Tauchen ist er sehr hinder-

Auch versteckt ist weg ...

lich. In der vierten Klasse mussten wir im Hallenbad einen Gummiring vom Beckengrund holen. Es war nur im Nichtschwimmer-Bereich, trotzdem bin ich nicht hinuntergekommen. Ich konnte mit den Armen und Beinen rudern, so viel ich wollte, wie ein Korken schaukelte ich oben auf dem Wasser. Und alle haben gelacht. Sogar unsere Lehrerin. Aus Rache habe ich ihr beim Abschlussfest Niespulver auf die Rose gestreut, die wir ihr überreichen sollten. Es hat gewirkt und eine Strafe konnte sie mir nicht mehr aufbrummen.

Dennoch blieb mir nichts anderes übrig, als selbst nach Doris' Brille zu tauchen. Am Ufer hatte ich eine Taucherbrille liegen sehen, die ich mir ausborgte. Damit ging ich dann zurück zu der Stelle, an der Doris versunken war. Zuerst dachte ich, ich schaffe es nicht. Meine Beine ragten in die Luft, mit den Armen ruderte und zog ich, als könnte ich mich im Wasser festhalten. Bestimmt kam ich nur Millimeter für Millimeter nach unten.

Aber die Brille habe ich gefunden. Es war ein kleines Wunder. Von oben schien die Sonne durch das Wasser und ein Strahl blitzte im Glas der Brille auf.

Als ich aus dem Wasser gewatet kam und ihr die Brille entgegenstreckte, fiel mir Doris um den Hals. Sie heulte schon wieder, aber diesmal wohl aus Freude. Ich konnte doch nicht einfach sagen: So, und jetzt halte bitte hundert Meter Abstand, bevor das nächste Unglück geschieht. Also habe ich sie zu meinem Handtuch eingeladen, wo ich in meiner Badetasche noch einen kleinen Vorrat an Schokoriegeln hatte.

Beim Zurückkommen habe ich es sofort bemerkt: Das Badetuch lag nicht mehr glatt ausgebreitet, sondern das untere Ende war irgendwie zusammengeschoben. Vorsichtig, als könnte sich darunter ein bissiges Eichhörnchen verstecken, habe ich das Tuch aufgeschlagen.

Der Zettel war dreifach gefaltet. Er lag genau in der Mitte des Tuches. Und meine Knie sind ganz weich geworden. Damit Doris ihn nicht bemerkt und vielleicht neugierige Fragen stellt, habe ich mich schnell daraufgelegt. Das war ein Fehler, denn der Unbekannte schreibt mit Füllfeder und mein Rücken war noch nass. Das Papier wurde feucht, die Schrift verschwamm, und nachdem Doris gegangen war, konnte ich nur noch entziffern:

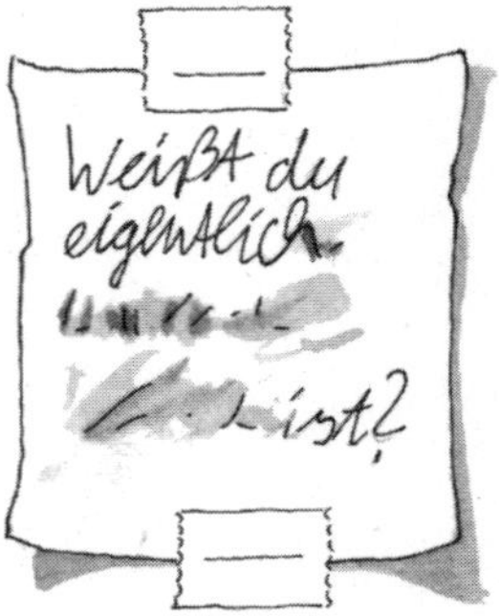

Was hatte das „ist“ am Ende zu bedeuten? Davor war so ein gebogener Strich. Stand dort „Mist“? Begann der angebliche Verehrer mich zu beschimpfen?

Es lagen noch genug andere Schüler herum. Von Doris' Untergehen hatte keiner so richtig Notiz genommen. Wahrscheinlich hatte es wie ein lustiges Spiel ausgesehen.

Crazy-Klaus blätterte in einer Zeitschrift, in der auf jeder Seite eine Giftschlange abgebildet war. Neben ihm fläzte sich Emu. Eigentlich heißt er Emanuel, aber wir nennen ihn alle Emu. Er hat die meisten Sommersprossen, die ich je an einem Menschen gesehen habe, und rotblonde Haare. Meistens ist er in Bücher vertieft, von denen wir nicht einmal den Titel verstehen. Dabei ist Emu kein Streber. Er interessiert sich nur brennend dafür, wie man Autos mit Gas antreiben kann, das angeblich aus den Fürzen von Kühen gewonnen wird. Seinen Spitznamen hat er, seit wir einen Film über Emus gesehen haben.

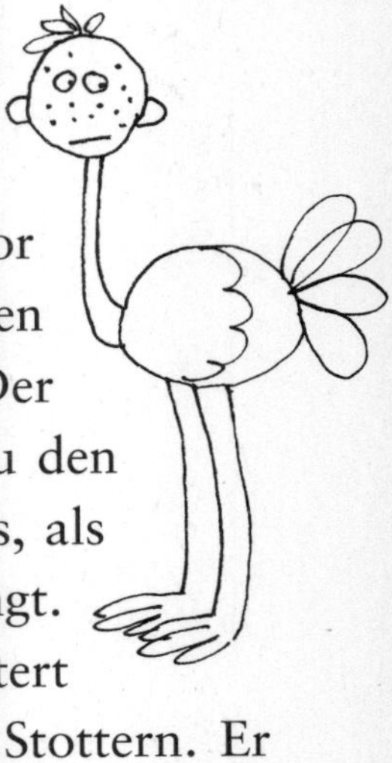

Der Emu ist ein Riesenvogel und beim Gehen wippt er mit dem Kopf immer vor und zurück. Er hat lange Beine und einen langen Hals, alles genau wie Emanuel. Der hat dazu auch noch Arme, die fast bis zu den Knien reichen. Wenn er läuft, sieht es aus, als wären seine Gelenke nicht richtig eingehängt.

Und Emu redet nur ganz wenig. Er stottert nämlich leicht. Es ist kein gewöhnliches Stottern. Er spricht nur kurze Sätze und es klingt, als würde er die Worte ausspucken.

Meistens hängt er mit Crazy-Klaus herum. Die zwei sind dicke Freunde.

Warum erzähle ich das? Ach, klar, weil ich die beiden gerade gesehen habe. Aber jetzt gibt es anderes zu tun. Miss Bix muss sich endlich auf die Suche nach dem Briefeschreiber machen. Mir wird die ganze Sache unheimlich.

Krissi

Anderes Ufer des Sees, Dienstagnachmittag

Habe soeben den ganzen See durchschwommen. Dabei hatte ich überhaupt keine Lust dazu. Faul herumliegen gefällt mir viel besser.

Trotzdem habe ich's gemacht.

Mam behauptet immer, ich könnte nicht richtig zuhören. In diesem Fall müsste ich ihr Recht geben. Dass ich durch den ganzen See geschwommen bin, hängt nämlich damit zusammen.

Britt und ich haben in der Sonne gelegen und dabei Niklas und Gregor beobachtet. Mein Dreamboy, dem ich nie wieder in die Augen sehen möchte (eigentlich doch, aber ich könnte es nicht ertragen), weil ich mich so unfassbar vor ihm blamiert habe, ist ein richtiger Clown. Er hat den Kopf in den Nacken gelegt, sich eine Flasche Sonnenöl auf die Nasenspitze gestellt und versucht, sie zu balancieren. Natürlich musste er ständig ausgleichen und trippelte mal nach links oder rechts, mal vor und zurück. Und weil er immer nur hinauf zur Flasche starrte, trat er um ein Haar auf Frau

Kleber. Gregor konnte ihn gerade noch am Arm zur Seite ziehen.

Danach haben die Jungen ein Wettspritzen mit Sonnenmilch gemacht. Sie haben es aber ganz heimlich getan, ein Opfer ausgewählt und dann kräftig auf die Flasche gedrückt. Blitzschnell haben sie sich wieder hingelegt, getan, als würden sie miteinander reden und hätten mit dem weißen Sonnenmilchklecks auf irgendeinem Rücken nichts zu tun.

Britt und ich haben gekichert. Und ich habe dann geseufzt. Weil dieser süße Typ mich niemals wieder ansehen wird.

„Wir gehen jetzt alle schwimmen!“, verkündete da Herr Schneeburg und scheuchte die Schüler durch nervendes In-die-Hände-Klatschen auf.

Rund um uns sind alle in die Höhe geschossen. Ich

habe mich auch angesprochen gefühlt und bin mit. Britt hat mir etwas nachgerufen, was ich aber nicht verstanden habe. Wahrscheinlich ging es nur um ihren Bikini, der locker in einer Nussschale Platz gehabt hätte. Das Ding bestand aus winzigen pinkfarbenen Dreiecken, die von Bindfäden zusammengehalten wurden.

Wie eine Horde Pinguine sind wir ins Wasser gestürmt. Es hat so gespritzt, dass der See danach wahrscheinlich nur noch halb so voll war. Als ich schon ein paar Züge geschwommen war, bin ich draufgekommen, was Britt mir hatte sagen wollen:

Es waren nur die Schüler der anderen Klasse gemeint. Auch von denen nicht alle. Rund um mich schwammen nur fremde Jungen. Na ja, bis auf Niklas und Gregor, aber die zwei zählen nicht.

Umdrehen und kneifen wollte ich nicht. Das hätte bestimmt wieder Anlass zu jeder Menge bissiger Kommentare gegeben.

So bin ich geschwommen. Eine kleine Runde und dann wollte ich zu Britt zurück.

„Wir schwimmen zum anderen Ufer!“, schallte es singend von Herrn Schneeburg, der wie eine Art Leitschwan vorangeschwommen ist.

Jetzt kehrtzumachen war absolut unmöglich. Mir blieb nur eines: schwimmen, schwimmen, schwimmen.

Rund um mich feixten und grinsten die Jungen. Als

es mir zu viel wurde, habe ich einige Grimassen geschnitten und bin einfach kurz untergetaucht.

Der See wurde mit jedem Zug größer. Drüben musste jemand stehen und das Ufer an dicken Ketten immer weiter fortziehen. Anders konnte ich mir das wirklich nicht erklären. Mir kam es vor, als müssten wir bald die Freiheitsstatue sehen und in New York eintreffen.

Endlich war es geschafft. Meine Arme und Beine machten die Schwimmbewegungen schon von ganz allein. Gehen konnte ich kaum mehr, weil meine Knie nur noch zwei Luftblasen waren. Irgendwie ist es mir aber gelungen, mich an Land zu schleppen. Alle viere von mir gespreizt, habe ich mich auf den Rücken gelegt und mir die Sonne auf den Bauch scheinen lassen.

„Ziemlich fit", hat da jemand neben mir gesagt.

So muss es sich anfühlen, wenn dir 100 000 Volt durch den Körper rasen. Jedes einzelne Haar hat sich bei mir gesträubt.

ER lag dicht neben mir. Wie ich auf dem Rücken und ebenfalls flach wie eine Kröte, die unter den Lastwagen geraten war. Und ER hat noch heftiger gekeucht als ich.

Nur ganz verstohlen habe ich aus den Augenwinkeln zu ihm gelinst. Sein Haar klebte nass am Kopf, die Tropfen glitzerten noch in seinem Gesicht.

Diesmal blieb ich bei der Wahrheit.

„Eigentlich bin ich lieber faul“, sagte ich und versuchte, meine Stimme fest und erwachsen klingen zu lassen. Angehört hat es sich wie eine erwachsene Minnie-Maus.

„Ich auch“, gestand Niklas und lachte.

Auf einmal aber hat er sich aufgerichtet und geschüttelt, wie Amadeus das auch immer tut, wenn er aus dem Wasser kommt. Danach ist er auf nur einem Bein herumgesprungen und hat den Kopf weit zur Seite gestreckt. Als er meinen verdutzten Blick bemerkte, erklärte er: „Wasser im Ohr. Das ist die beste Art, es wieder herauszubekommen.“

Morgen muss ich das gleich nach dem Duschen ausprobieren.

Auf meiner anderen Seite hatte es sich inzwischen Gregor bequem gemacht.

„Alles unter Kontrolle?“, wollte er wissen.

„Unter Kontrolle. Alles!“

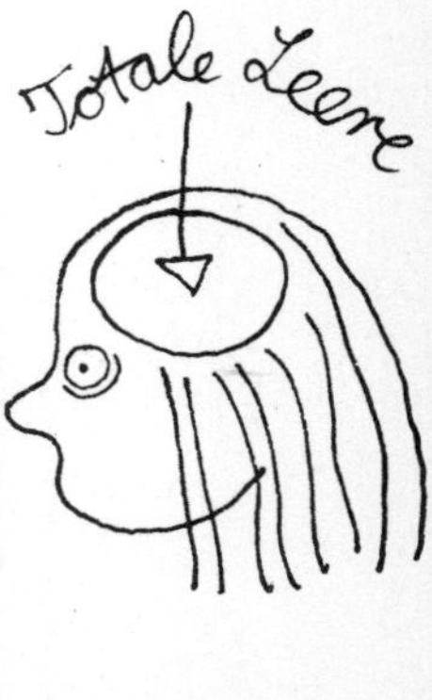

Nach einer längeren Pause kam von ihm: „Echt nett, die Britt. Echt nett.“

„Voll nett!“, stimmte ich zu. Danach hatte ich im Kopf wieder dieses Schwimmbad-im-Winter-Gefühl. Totale Leere. Das Schweigen dehnte sich wie ein Gummiring. Niklas musste mich für eine lügende Langweilerin halten.

Ich tat so, als würde ich mich sonnen, und hielt die Augen halb geschlossen. Ganz vorsichtig blinzelte ich durch die Wimpern und bemerkte, dass Niklas eine auffordernde Geste in Gregors Richtung machte, die bedeuten konnte: Sag schon was!

„Heute Abend gibt es einen Diavortrag“, kam es nun von Gregor.

Das klang nicht sehr aufregend.

„Jemand aus Grünwengen kommt, zeigt Dias und erzählt von den Kühen auf den Almen.“

Gähn, gähn. Wann war endlich Disco-Abend?

„Wie wär's mit einer kleinen Party heute Nacht?“, schlug Gregor schließlich vor.

Das klang schon viel besser.

„Wo?“, fragte ich und meine Stimme war schon wieder heiser.

„Bei euch!“

Wie bitte?

Gregor rollte sich auf den Bauch und rutschte näher an mich heran. Hätte Niklas das getan, wäre es mir lieber gewesen.

„Psst!“, machte er, damit ich mich ihm zuwandte. Also wälzte ich mich auch herum und legte den Kopf auf die Hände wie auf ein Kissen.

Gregors Kopf war nur drei Handbreit von meinem

entfernt. Britt erzähle ich das besser nicht. Das Blau seiner Augen leuchtete wie bei einem Schlittenhund.

„Wir kommen, wenn alle im Heiabettchen liegen“, flüsterte er mir zu.

Ich schluckte.

„Ihr sorgt für das Futter, wir für die Getränke.“

Ich schluckte noch einmal.

Frau Schröger senior hatte uns nächtlichen Spuk ausdrücklich verboten. So etwas gab es nur in der Gruselnacht und die stand nicht auf dem Programm.

„Geht doch klar?“

Was sollte ich antworten? Nein, tut mir leid, bin zu feige? Unmöglich. Also habe ich genickt.

„Wird garantiert ein Riesenspaß!“, versicherte Gregor mir.

Weil ich dringend nachdenken musste, rollte ich mich wieder auf den Rücken. Dabei streifte mein Blick Niklas Gesicht. Täuschte ich mich oder bedeutete er Gregor „Du spinnst“?

Ich wette, Britt wird von der Idee mit der Party begeistert sein. Nur wir zwei und die beiden Jungen. Wenn wir leise sind, wird niemand etwas bemerken.

VANESSA

Im Garten des Landschulheims, Dienstagabend

Kann mir jetzt vorstellen, wie sich früher die Leute gefühlt haben, die die Pest hatten. Ungefähr so wie ich.

Eigentlich hatte ich mit denen aus meiner Klasse noch nie so ein inniges Verhältnis. Nur mit Krissi und Bix. Krissi fällt zurzeit wegen akutem Jungen-Fieber aus und Bix ist die Einzige, die sich noch in meine Nähe wagt.

Ansonsten werde ich von allen gemieden und begafft wie eine Sensation auf dem Rummelplatz und das macht mir schon ziemlich zu schaffen. Doris, dieses Mädchen mit der entsetzlichen Riesenbrille, hat Bix erzählt, es gehe das Gerücht um, ich hätte einen Jungen einmal aus Wut gebissen. Der Abdruck meiner Zähne sei noch immer in seinem Arm zu sehen.

Irgendetwas ist im Busch. Seit wir vom Schwimmen zurück sind, schwirren die beiden Jungen, mit denen Britt und Krissi so gern herumhängen, durch die Gegend. Sie stecken mit den anderen Jungen aus ihrer Klasse zusammen und es sieht aus, als hätten sie sich ziemlich geheime Sachen zu erzählen.

Mir egal.

Aber etwas anderes macht mir zu schaffen. Es ist der Zahnstocherer. Es scheint ein Jahr um zu sein und der Tag seiner jährlichen Haarwäsche ist gekommen. Jedenfalls sind seine Haare vom Fett befreit und wollig. Aus irgendeinem Grund muss ich an ein Meerschweinchen denken. Ständig streicht er sich eine Strähne hinter die Ohren. Das macht mich ganz unruhig. Warum nur?

Geheimbotschaft Nr. 5, vorne im Umschlag

Nein, U-N-M-Ö-G-L-I-C-H! Doch nicht in einen lebenden Zahnstocher! Aber wieso spukt mir dieser Kerl ständig im Kopf herum? Es ist das Haare-nach-hinten-Streichen. Aber was ist es genau?

Das heimliche Glotzen hat der Kerl noch immer nicht aufgegeben.

Da ist er. Gerade um die Ecke gebogen.

He, halt mal! Ich kenne ihn!

Aber woher? Das muss ich ihn fragen.

Der gute Junge hat einen tiefen Sprung in der Schüssel. Vielleicht aber sind wir auch zwei Magnete und beide auf Süden gepolt. Gleiche Pole stoßen einander ab. Dazu habe ich schon viele Experimente gemacht. Kaum gehe ich einen Schritt auf den Zahnstocherer zu, bewegt er sich nach hinten.

Das ist mir zu kompliziert. Außerdem muss ich jetzt los. Wir fahren noch zu einem Bauernhof.

BIX

Auf einem Bauernhof, Kuhstall,
Dienstagnachmittag

In meiner Umhängetasche habe ich schon wieder einen Zettel gefunden …

Zu peinlich, was draufsteht. Ich habe ihn gleich in winzige Schnipsel zerrissen und sie auf den dampfenden Misthaufen geworfen.

Liebesbrief Nr. 2, vorne im Umschlag

Es kann nur ein hundsgemeiner Scherz sein. Eine andere Erklärung habe ich nicht dafür.

Zum Thema hundsgemein fällt mir noch etwas ein. Besser gesagt, noch jemand. Und dieser Jemand heißt Krissi Kiska.

Krissi und Britt laden zu einer geheimen Party in ihr Zimmer ein. Doris hat es mir zugeflüstert. Alle Jungen aus Doris' Klasse werden kommen. Die Mädchen auch, außer Doris natürlich, die nicht eingeladen wurde. Sie war deswegen ziemlich verstört, aber ich habe sie beruhigt: Unsere ehemals beste Freundin hat es auch nicht der Mühe wert gefunden, Vanessa und mich zu fragen, ob wir kommen wollen.

Heißt es nicht: Liebe macht blind?

Glaube ja nicht, dass Krissis Kuhaugen etwas mit Liebe zu tun haben.

Sorry! Verzeihung! Entschuldigung! Mir hat gerade eine Kuh ins Ohr gemuht. Das sollte wohl Protest sein, weil ich Krissis Gucker mit den sanften und treuen Augen der Kühe verglichen habe.

Meiner Meinung nach muss der Spruch anders lauten: Verknallt sein macht dooof!

Das trifft auf Krissi voll zu.

Zurzeit ist sie im Stress. Sie scheint wirklich eine große Anziehungskraft auf Jungen zu haben. Auch wenn sie auf vier Beinen laufen und einen gebogenen Bart am Kinn haben. Die Bäuerin hat uns vorhin durch die Ställe geführt und eine Koppel gezeigt, auf der mehrere Schafe, ein paar Ziegen und ein Pony grasten. Krissi hat natürlich die Hand hineingesteckt und die Tiere gelockt.

Der Ziegenbock ist gekommen. Von ganz hinten. In großen Sprüngen. Jetzt weiß ich auf jeden Fall, was Bocksprünge sind. Er hat es auch irgendwie geschafft, zwischen den Drähten durchzuschlüpfen, durch die elektrischer Strom fließt. Mit gesenktem Kopf, die Hörner vorgestreckt, ist er Krissi hinterhergerannt. Ich

Wette, dass dieses Foto mal Sammlerwert bekommt!

glaube, sie flüchtet noch immer vor ihm. Muss mal rausgehen und nachsehen.

Höre die Bäuerin „Halt, Engelbert!“ rufen, aber Engelbert ist kein Engel, sondern ein Bengel. „Zieh das lila T-Shirt aus, auf das ist er ganz wild!“, ruft die Bäuerin jetzt.

Krissis lila Top ist das einzige nabelfreie Top, das sie besitzt.

Unglaublich! Sie zieht es wirklich über den Kopf. Zum Glück hat sie ihren Bikini drunter an. Engelbert schnappt nach dem Top. Er hat es Krissi aus der Hand gerissen und macht sich damit aus dem Staub.

Arme Krissi. Sie tut mir fast leid. Aber nur fast. Man darf Jungen einfach nicht zu sehr reizen. Das sagen die

Ladys in meinen Liebesromanen immer. Mam soll noch einmal behaupten, es seien Schundhefte.

Ich habe mein T-Shirt noch an! Allerdings hat es auch eine Farbe, die ich nicht ganz erklären kann. Ich glaube, es war mal hellblau, aber Mam ist Felix' rote Hose in die Wäsche geraten. Diese Hose hat schon fast alles, was es bei uns zum Anziehen gibt, verfärbt.

Na ja, wenigstens werde ich nicht von wilden Ziegenböcken verfolgt.

VANESSA

Unser Zimmer, Mittwoch, knapp nach null Uhr

Das war die Stunde des Drachen!

Habe noch nie jemanden so laut brüllen hören. Weder Mensch noch Tier. Bin beeindruckt. Später einmal will ich Forscherin werden. Einmal werde ich mich auch mit der Kraft der menschlichen Stimmbänder beschäftigen und ganz bestimmt den heutigen Vorfall als Beispiel anführen.

Der Diavortrag am Abend war eine Art Schlafmittel. Der nette Herr, den unsere Lehrer eingeladen hatten, könnte bestimmt jederzeit und überall als lebende Einschlafhilfe für Menschen mit Schlaflosigkeit auftreten.

Niemand hat ihn bemerkt, als er gekommen ist. Der Mann kann auch „Der Unsichtbare“ genannt werden. Er hat wirklich nichts an sich, was man sich merken kann. Für mich sieht er aus wie ein farbloses Gummibärchen nach einer Schlankheitskur.

Frau Kleber hat sich bei der Heimleiterin beschwert, weil sich der Mann für den Vortrag bereits um eine halbe Stunde verspätet hatte. Frau Schrögers Hängebacken haben verständnislos gewackelt. Sie ist in ihrem breitbeinigen Gang in eine Ecke der kleinen Halle gestapft und hat dort auf einen leeren Korbsessel gezeigt.

Nur war der Korbsessel gar nicht leer. Der „Unsichtbare“ saß zusammengesunken darin, seinen Diaprojektor auf den Knien. Beim Anblick von Frau Schröger ist er hochgeschnellt wie eine kaputte Matratzenfeder und hat Frau Kleber begrüßt.

Danach hat er umständlich eine Leinwand aufgestellt und auf einen Turm aus einem Tisch, einem Stuhl und mehreren Telefonbüchern den Diaprojektor postiert. Es folgte ein verschrammtes Bild nach dem anderen und er leierte etwas über Grünwengen im Laufe der vergangenen hunderttausend Jahre.

Nach einer Weile habe ich nur noch Rhabarber, Rhabarber, Rhabarber verstanden und bin fast eingenickt.

Als der „Unsichtbare“ am Ende wissen wollte, ob wir noch Fragen hätten, lautete die einzige: „Dürfen wir schlafen gehen?“

Frau Kleber, verärgert über so viel Unverständnis und Undankbarkeit, hat uns alle zu Bett geschickt.

Erst als wir das Licht ausgemacht haben, hat mir Bix von der geheimen Party erzählt. Krissi überspannt den Bogen langsam.

Wir konnten beide nicht einschlafen, weil wir daran denken mussten, wie viel Spaß die anderen ein paar Zimmer weiter hatten.

Auf dem Flur wurde geflüstert. Bix war sofort aus dem Bett, hat die Tür einen Fingerbreit aufgemacht und hinausgespäht. Angeführt von diesem Gregor, kamen die Jungen geschlichen. Nicht nur die aus der anderen Klasse. Ein paar von unseren Jungs waren auch dabei.

Leise hat Bix gezählt. Bei zehn war ich froh, nicht zur Party eingeladen zu sein. Bix und ich hatten in unserem Zimmer fast nicht genug Platz, um uns am Morgen anzuziehen.

„Siebzehn, achtzehn, neunzehn …" Der Ansturm der Jungen nahm kein Ende. Schließlich waren es vierundzwanzig, die sich ins Zimmerchen von Krissi und Britt quetschten. Umfallen konnte dort bestimmt keiner. Sie mussten wie die Ölsardinen in der Dose drin stehen.

Lautlos waren sie jedenfalls nicht. Obwohl drei Zimmer dazwischen lagen, konnten wir Gekicher und grunzendes Lachen hören, wie ich es nur von Crazy-Klaus kenne.

Wir zählten weiter. Diesmal nicht die Jungen, sondern die Minuten bis zu jenem Moment, in dem unsere Lehrer die geheime Party entdecken oder die Jungen durch den Fußboden brechen würden. Unsere Zimmer lagen im ersten Stock.

Ersteres trat ein.

Allerdings waren es nicht unsere Lehrer, die auftauchten, sondern der Drache. Seine Schlafhöhle befindet sich ausgerechnet unter unseren Zimmern und er scheint mit einem Ohr ständig an der Decke zu kleben.

Frau Schröger geht nicht, sie stampft, als wollte sie tiefe Abdrücke im Fußboden hinterlassen. Sie öffnete die Tür zum Krissi-Britt-Zimmer nicht, sie riss sie fast aus den Angeln.

Bix und ich standen an unserer Tür und spähten auf den Flur.

Die Jungen sind aus dem Zimmer herausgefallen wie Murmeln aus einer Schachtel. Das muss man sich mal vorstellen: Die Jungen wollen eine heiße Party feiern und landen in den fleischigen Armen von Frau Schröger, die bestimmt früher einmal Preisringerin war.

Es schien so, als wären die Jungen in einer komplizierten Anordnung geschichtet gewesen, wie Atome in einem Kristallgitter. Das sieht etwa so aus:

Wird allerdings ein Atom bewegt, kann das Gitter zusammenfallen.

Bei den Jungen war es jedenfalls so. Sie quollen reihenweise aus dem Zimmer.

Zuerst dachte ich, Frau Schröger erleidet einen Herzanfall. Sie warf ständig den Kopf nach links und rechts und schnaubte dazu wie der Stier auf dem Bauernhof. Als das Purzeln der Jungen leicht abgeebbt war, holte sie tief Luft und gab anschließend einen Schrei von sich, mit dem man sicherlich ein baufälliges altes Haus zum Einsturz bringen könnte.

„Ihr seid wohl alle vom wilden Willi gebissen!", tobte sie.

Falls übrigens irgendjemand mir sagen kann, wer der wilde Willi ist, soll er sich bitte bei mir melden.

In jeder Hand mindestens drei Jungen zum Bündel gefasst, hat sie weitergeschimpft, bis alle Türen aufgegangen sind und neugierige Köpfe auf den Flur gestreckt wurden.

Frau Kleber und Herr Schneeburg kamen angelaufen, beide in Trainingsanzügen, und auch sie haben von Frau Schröger gleich einmal eine Standpauke gehalten bekommen. Noch nie habe ich Lehrer so strammstehen sehen. Sie hatten die Hände an den Hosennähten und der Sturm aus Frau Schrögers breitem Mund wehte sie nach hinten, bis sie fast umgefallen sind.

„Alle morgen Küchendienst!", hat Frau Schröger als Urteil gefällt. „Namen aufschreiben und morgen um halb sieben antreten. Jede Minute Verspätung bedeutet eine Stunde länger arbeiten."

Krissi und Britt waren die Letzten, die das Zimmer verlassen haben. Von Frau Schröger wurden sie als „feine Früchtchen" bezeichnet.

„Zweiundzwanzig", meldete Bix flüsternd.

Zuerst habe ich nicht verstanden, was sie meinte.

„Es sind nur zweiundzwanzig Jungen", zischte sie aufgeregt.

Hinter uns wurde an die Fensterscheibe geklopft. Bix ist herumgefahren, als wäre es ein Vampir.

BIX

Unser Zimmer, Mittwoch, 0.12 Uhr

Wir haben Besuch.

Die wirkliche Party findet jetzt bei uns statt.

Mit Chips, Erdnüssen und zwei Flaschen Cherry-Cola.

Wir haben es schön gemütlich, allerdings haben wir auch nicht 24 Jungen in den begehbaren Schrank gepresst, der hier unser Zimmer ist.

Unsere Gäste sind Crazy-Klaus und Emu. Klaus mag crazy sein, aber doof ist er nicht. Emu und er sind aus dem Fenster gestiegen, während der Drache die anderen Jungen beinahe gefressen hat. Die Hauswand ist völlig mit Efeu überwuchert und die beiden sind daran bis zu unserem Fenster geklettert. Crazy-Klaus hat erzählt, dass sich einige Ranken gelöst hätten und sie zweimal fast abgestürzt wären, doch sie haben es geschafft.

Hmmm, haben sie bei uns nur geklopft, weil der Efeu zu Ende war?

Egal. Jetzt sind sie da. Wir fläzen uns auf den Betten und futtern und trinken. Der Drache hat Feuer gespuckt und es ist sicher, dass sich jetzt keiner mehr aus dem Bett wagt.

Finde es wundervoll, eine kleine, feine und geheime Party abzuhalten. Gebe zu, es ist auch ein winziger Triumph und eine körnchengroße Rache an Krissi.

Vanessa knufft Crazy-Klaus jedes Mal, wenn er zu seinem irren Lachen ansetzt. Emu presst ihm die Hand auf den Mund und dann müssen wir alle die Gesichter in die Kissen stecken, weil wir uns sonst nicht mehr halten können.

Emu keucht die ganze Zeit und hat feuerrote Ohren. Er redet nicht viel, sondern nickt nur, gestikuliert mit den Händen oder wirft die Arme in die Luft. Hat wohl mit seinem Sprachfehler zu tun. Sonst ist er wirklich nett.

Klaus hat dafür ständig den Mund offen. Seine Vogelspinnen heißen Romeo und Julia, und Vanessa hat ganz fasziniert zugehört, als er von ihnen erzählt hat. Er hat uns geschildert, wie er seiner Cousine die Spinnen ins Bett gesetzt hat, als

sie bei ihm übernachtete. Sie ist fünf Jahre älter und hat ihn behandelt, als wäre er ein Baby. Vanessa möchte die Spinnen gern für ihre Schwestern ausborgen.

„Ich hoffe, sie haben starke Nerven!“, meint sie.

„Deine Schwestern?“, will Emu wissen.

„Nein, die Spinnen!“

Wieder müssen wir in die Kissen abtauchen, weil der Drache uns sonst bestimmt lachen hört.

Außer der kurzen Frage sagt Emu fast nichts. Vanessa will wissen, ob man tatsächlich mit Kuhfürzen heizen könne. Emus Antwort: „Nicht Fürze. Man verbrennt getrockneten Kuhmist. Heißt Biomasse.“

Auf einmal werden wir sehr müde.

„Es ist schon ein Uhr“, stellt Vanessa fest.

Die Jungen bedanken sich für die tolle Party und machen sich auf den Weg in ihr Zimmer.

„War besser als drüben“, sagt Emu noch.

Krissi

Strafgefangenenlager Grünwengen,
Mittwochnachmittag

Protest! Hilfe!

Wir werden hier gefangen gehalten und ausgebeutet. Musste heute Kartoffeln schälen und habe mir dabei zweimal in den Finger geschnitten. Auch Geschirr spülen müssen wir. Einen Berg, der knapp unter den Gipfel des Mount Everest reicht.

Dabei hatten wir keinen Prozess. Wir wurden von diesem Ungeheuer namens Frau Schröger senior einfach verurteilt.

Das einzig Gute an der Sache ist: Britt und ich sind den ganzen Tag mit Niklas und Gregor zusammen.

Mein blutiger Finger
Beweisstück A
der Ausbeutung!

Die Strafverschärfung: Sie halten uns getrennt. Frau Schröger muss vor etwa hundert Jahren in eine Gletscherspalte gefallen und eingefroren sein. Erst vor Kurzem hat man sie gefunden und wieder aufgetaut. Darauf würde ich wetten. Kein normaler Mensch kann sonst so altmodisch sein.

Sie hat die Küche in zwei Hälften geteilt: In einer

werken die Jungen, in der anderen wir. Ich finde, wir müssen zu zweit mindestens so viel schuften wie die zweiundzwanzig Jungen zusammen.

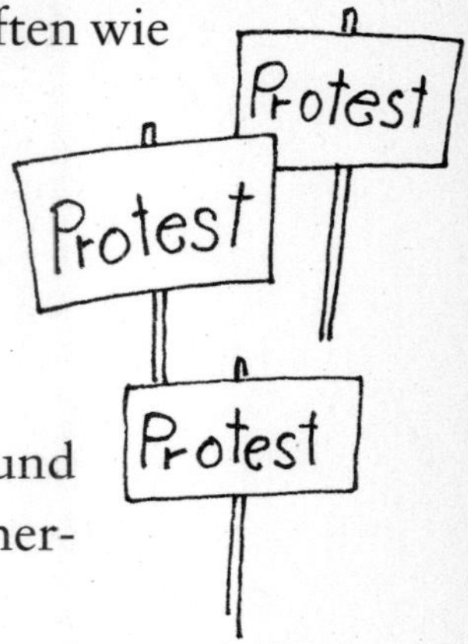

Einziger Trost: Draußen regnet es Bindfäden. Baden wäre heute nicht möglich gewesen und Frau Kleber hat den Rest unserer Klasse dazu verdonnert, das Heimatmuseum zu besuchen und anschließend eine Fabrik, die Bleistifte herstellt.

Fetzig! Spannend! Da ist bestimmt Action angesagt.

Gregor und Niklas sehen beide süß aus in ihren weißen T-Shirts.

Angeblich sollen ja wir Mädchen mehr quasseln als Jungen. Ich möchte gerne wissen, wer das behauptet. Es kann nicht stimmen. Britt und ich waren im Vergleich zu den Jungen stumm wie zwei Forellen. Gregor redet ständig und die Jungen haben auch ununterbrochen eine Art Stille Post gespielt. Gregor hat Niklas etwas ins Ohr geflüstert, der hat etwas weitergeflüstert und alle haben breit zu grinsen begonnen.

Wir müssen wirklich bis zum Abend putzen und andere niedrige Hilfsdienste machen. Wir sind doch keine Küchenmädchen!

VANESSA

Halle im Landschulheim, Mittwochabend

Draußen regnet es.

Heute haben wir ein Museum besucht. War sehr aufregend. Es gibt dort Steine aus der Römerzeit. Sehen aus wie Steine aus der Ritterzeit. Kein Unterschied zu Steinen von heute. Wahrscheinlich sind es Steine von der Straße. Ohne diese Steine wäre das Museum aber komplett leer.

Danach sind wir noch zu einer Bleistiftfabrik gefahren. Wahnsinn. Es war nervenzerfetzend. Die Bleistifte werden aus Holz gemacht und die Mine ist nicht aus Blei, sondern aus Grafit.

Was ich jetzt mit dreieinhalb Zeilen beschrieben habe, hat uns eine Frau mit der bestimmt längsten Nase der Welt in dreieinhalb Stunden erzählt.

Jetzt führt uns Frau Schröger einen Film vor. Kein Video, keine DVD, einen Film! Hinter mir rasselt ein alter Projektor, der im Heimatmuseum bestimmt eine Sensation wäre.

Der Film heißt *Die Mädchen vom Lämmerhof* und wurde vor ewigen Zeiten in Grünwengen gedreht. Ständig ruft Frau Schröger begeistert, jetzt sei das Landschulheim zu sehen. Wir erkennen aber nur Wald, Berge und jede Menge Lämmer. Dazwischen zwei Mädchen, die bestimmt große Chancen auf den Titel *Miss Langeweile* hätten.

Wenn es morgen auch wieder regnet und wir nicht aus dem Haus dürfen, werde ich ungemütlich.

BIX

Unser Zimmer, Mittwochnacht

Ein neuer Brief. Er lag unter meinem Kopfkissen.

Liebesbrief Nr. 3, vorne im Umschlag

Für mich ist es weiter ein Rätsel, wer das geschrieben haben könnte. Miss Bix wird morgen einen Jungen nach dem anderen unter die Lupe nehmen. In den Krimis nennt man das „Täter-Einkreisung".

Ich kann nicht einschlafen. Mein Herz pocht so wild. Ich liege sonst immer auf dem Bauch, aber der Ballon in meiner Brust, der ständig dick und rund wird, lässt es heute nicht zu. Vanessa bekommt nichts davon mit. Sie hatte mit dem Kopf kaum das Kissen berührt, da war sie auch schon eingeschlummert. Jetzt pfeift sie leise und redet im Schlaf. Wenn ich mein Ohr ganz nahe an ihren Mund halte, verstehe ich ein bisschen was. Klingt nach: „Kenn dich doch. Na warte! Kenn dich doch. Na warte!" Hört sich an, als würde Vanessa rappen.

Ich drehe mich auf den Rücken und starre zur Zimmerdecke. Von draußen fällt ein grünlicher Lichtschimmer herein. Das muss die Straßenlaterne vor dem Eingang sein, die von Efeu überwuchert ist. Durch das Mauerwerk der Decke ziehen sich drei Risse, die ein Gitter um einen großen dunklen Fleck bilden. Wie ist der dort oben hingekommen? Wahrscheinlich haben schon andere vor uns Partys gefeiert und eine Pizza an die Decke geschleudert.

Egal. Wenn ich schon nicht schlafen kann, werde ich ein wenig ermitteln. Wer könnte dieser unbekannte Verehrer sein?

Mir ist etwas eingefallen, was mindestens so schrecklich wie ein Albtraum von Mathe-Schularbeiten ist: Es könnte der Zahnstocherer sein. Den ersten Brief habe ich in meinem Rucksack entdeckt, kurz nachdem Vanessa und ich diesem Käsegesicht begegnet waren.

Schock! Der Zahnstocherer hat sich vor mein geistiges Auge geschoben. Hau ab! Verschwinde! Du kannst es nicht sein. Jedenfalls hoffe ich das. Ich möchte wirklich keine Hand drücken, die zuvor nach Schnitzelfasern und Pizzakrümeln geangelt hat. Dieses bleiche Gesicht erinnert mich an ein Nachtgespenst, und wer möchte schon gern mit einem Geist ausgehen. Ich jedenfalls nicht. Die Hand meines Liebsten – wenn ich jemals einen

haben werde – soll sich stark und gleichzeitig weich anfühlen und nach guter Seife duften.

Ein tiefer Seufzer ist mir entschlüpft.

Der Zahnstocherer verfolgt mich in meinem Kopf. Ich krieg ihn einfach nicht heraus. Falls er nun doch verrückt nach mir ist und diese Briefe schreibt, was wird er sonst noch anstellen?

Hilfe!

Jemand klopft an unser Fenster!

Aber wir wohnen doch im ersten Stock. Ist schon wieder jemand am Efeu hochgeklettert? Gleich ist es so weit und mein Herz durchstößt die Haut. Damit das nicht geschieht, presse ich eine Hand darauf und die andere auf meinen Mund, weil ich sonst laut losschreie.

Neben mir im Bett schnarcht Vanessa.

Da, schon wieder! Es ist kein Klopfen. Von unten wirft jemand Steinchen gegen unsere Fensterscheibe.

Das Fenster ist halb offen. Ein Steinchen ist gerade auf dem Boden gelandet. Dieses Zeichen kann nur eines bedeuten: Unten steht er. Mein Verehrer. An Vanessa ist keiner interessiert, seit überall diese miesen Zettel hingen. Wenn ich also aus dem Bett steige und ans Fenster trete, dann weiß ich endlich, von wem die Briefchen stammen.

Mut, Bix! Beweise, wie tapfer du bist! Wenn es der Zahnstocherer ist, darfst du auch in Ohnmacht fallen, wie die Gräfinnen in den Romanheften. Der Anblick des Mannes, dessen Hobby es ist, Jagd auf Speisereste zu machen, haut jeden aus den Socken.

Die Nachtluft ist kühl und ich habe nur mein kurzes Nachthemd mit dem runden Halsausschnitt an. Moment. Mir kommt ein ganz fürchterlicher Gedanke. Felix spottet immer, es sei durchsichtig. Wenn es das nun tatsächlich ist? Dann stehe ich nackt vor meinem Verehrer! Wo ist ein Spiegel? Nur draußen in dem nassen Loch, das sich Gemeinschafts-Bad nennt. Soll ich hin?

Wieder fliegen Steinchen gegen die Scheibe. Sie werden immer heftiger geworfen. Draußen ruft jemand meinen Namen. Eigentlich ist es kein Rufen, sondern ein heftiges Flüstern. Die Stimme kann ich nicht erkennen. Damit ich auch bestimmt nicht zu viel zeige, wickle ich mir Vanessas Jeans um die Schultern. Gleich werde ich es wissen. Nur noch ein Schritt, dann kann ich erkennen, wer unter dem Fenster steht.

Nur noch ein halber.

JETZT!

Zwanzig Sekunden später.

Ich liege wieder im Bett. Die Decke habe ich bis zur Nasenspitze hochgezogen. Meinen Verehrer kenne ich noch immer nicht, aber mein Verdacht erhärtet sich.

Ob ich Mam bitten kann, mich abzuholen, um mich vor dem Zahnstocherer zu retten?

Allerdings bin ich nicht hundert Prozent sicher. So richtig gesehen habe ich ihn nicht. Das Wesen, das mich ans Fenster locken wollte, hat auch das schlafende Ungeheuer unter uns geweckt. Frau Schröger mag älter als meine Großmutter sein, aber das Fressen kleiner Kinder scheint sie jung zu halten. Sie hat wie wild aus ihrem Fenster geschrien und gedroht. Mein Verehrer ist daraufhin so schnell verschwunden, dass ich fast nichts von ihm gesehen habe. Er stand im Schatten der Straßenlampe und bei seiner Flucht hat für den Bruchteil einer Sekunde sein Gesicht aufgeleuchtet. Sehr hell und blass. Glaube ich zumindest. Es war einfach zu kurz.

Zahnstocherer oder nicht Zahnstocherer, das ist hier die große Frage.

In der Nacht unter mein Fenster zu kommen, finde ich schon molto romantico, wie Krissi sagen würde. Sie würde mich bestimmt verstehen, wenn ich ihr von meinem Herzklopfen erzählen würde. Aber sie war zu gemein. Es ist einfach nicht möglich.

Es ist ein schweres Schicksal, mit keinem über meine Herzensangelegenheiten sprechen zu können. In meinen Lieblingsgeschichten weinen sich die Heldinnen immer in den Schlaf.

VANESSA

Frühstück, Donnerstagmorgen

Wenn ich drei Wünsche frei hätte:
Wunsch Nummer 1:
Noch drei weitere Wünsche.
Wunsch Nummer 2:
Noch mal drei Wünsche.
Wunsch Nummer 3:
Und noch weitere drei Wünsche.

Das macht dann neun Wünsche. Damit könnte ich so halbwegs auskommen, hier in Grünwengen, im Haus des Schröger-Drachen, wo ich umgeben bin von total verkrallten Wesen, die einmal meine Freundinnen waren, und von Jungen, die allesamt im Museum ausgestellt werden sollten.

Meine neun Wünsche wären:

Wunsch Nummer 1:

Endlich gutes Essen. Die alte Schröger muss Gedanken lesen können. Sie hat bestimmt in meinem Kopf entdeckt, was mir alles nicht schmeckt, und um mich zu ärgern, gibt es nur Tomaten, Zwiebeln, Knoblauch, Salami und Kohlgemüse.

Wunsch Nummer 2:

Eine Bix, die nicht ständig Kuhaugen macht und seufzt. Ich halte dieses „Schnauf – Luft anhalten – Augen aufreißen – mit einem schmachtenden ‚Ach ja‘ ausatmen – seufzen“ nicht mehr aus.

Wunsch Nummer 3:

Wer auch immer diese widerlichen Zettel über mich verteilt, soll ein ganz schreckliches Jucken bekommen, irgendwo auf dem Rücken, wo er oder sie sich auch ganz bestimmt nicht kratzen kann.

Wunsch Nummer 4:

Dieselbe Person soll sich vor den Augen aller anderen Klassenkameraden in die Hosen machen. Erstens wüsste ich dann endlich, wer es ist, und zweitens wäre es wunderbar peinlich.

Wunsch Nummer 5:

Das Wesen, mit dem ich bis vor einer Woche befreundet war und das auf den Namen Krissi hört, soll von seinem großen „Ich-bin-wild-auf-alles-was-ein-Junge-ist-Wahnsinn“ befreit oder aber endlich von einem dieser Mondkälber geküsst werden.

So ein Kuss hat bei Dornröschen schon Wunder gewirkt, vielleicht klappt es auch bei Krissi.

Die Wünsche Nummer sechs bis neun hebe ich für später auf.

Heute muss etwas geschehen. Schon wieder hat der unbekannte Zettelkleber zugeschlagen. Er wird immer gemeiner:

Wer auch immer diese Zettel schreibt, hat wohl Besuch aus dem Weltraum gehabt; von so einem kleinen schleimigen Wesen, das am Ohr der Menschen saugt und ihnen das Hirn klaut.

Vor Wut könnte ich wirklich ausschlagen. Leider dürfen wir unsere Karate-Schläge niemals zum Spaß anwenden und nie, um etwas zu zerstören. Dabei hätte ich wirklich große Lust, sämtliche Tische und Stühle im Speisesaal zu Kleinholz zu verarbeiten. Vielleicht wäre mir dann ein wenig besser zumute.

Das Gekicher hinter meinem Rücken wird immer schlimmer. Mittlerweile macht sich keiner mehr die Mühe, so leise zu tuscheln, dass ich es nicht höre. Besonders die Jungen aus der anderen Klasse spielen ununterbrochen Grunzochsen, denn anders kann man das, was sie für Lachen halten, nicht bezeichnen.

Bix kann man vergessen. Frage ich sie nach dem Grund für ihr Seufzen und Augen verdrehen, setzt sie einen leidenden Dackelblick auf und sagt doch tatsächlich: „Ach, das würdest du nicht verstehen."

Hilfe! Ist hier keiner mehr normal?

Doris, dieses Unglücksmädchen aus der anderen Klasse, muss mir meine Wut angesehen haben. Sie stand auf einmal neben mir und hat mich an der Schulter gestreichelt und getätschelt. Wie ein Rennpferd vor einem wichtigen Rennen.

„Das ist alles nicht wahr, was auf diesen Zetteln steht", wollte sie mich beruhigen. Als ob ich das nicht selbst wüsste. Ich musste mich sehr beherrschen, um nicht loszubrüllen. Aber Mädchen wie Doris fangen dann zu heulen an und das wäre wirklich das Letzte, was ich jetzt gebrauchen könnte.

Wenigstens weiß ich inzwischen den Namen des Zahnstocherers. He, ganz langsam, damit da kein Missverständnis aufkommt: Ich interessiere mich für diesen Typ nicht die Bohne. Er ist mir so etwas von egal. Trotzdem muss ich immer wieder an ihn denken und das macht mir richtig Angst.

Nein, das kann kein Zeichen von Verknalltheit sein. Bitte nicht! Nicht in dieses Gerüst mit dem schwarzen Wischmopp auf dem Kopf.

Jedenfalls heißt der Zahnstocherer Philipp Dachscho. Sein Familienname hört sich fast an wie „Dachschaden“, was auf ihn durchaus zutreffen könnte.

Philipp Dachscho? Was hast du mit mir gemacht? Wieso gehst du mir nicht aus dem Kopf?

VANESSA

Nach dem Frühstück, Donnerstagmorgen

Ich weiß, sie hat es bloß gut gemeint. Allerdings hat sie damit alles noch schlimmer gemacht. Es geht um Frau Schröger, die junge Ausgabe. Nie werde ich verstehen, wie der alte Schröger-Drache eine so nette Tochter bekommen konnte. Vielleicht ist Schröger junior aus einem Ei geschlüpft, das eine Elfe ins Drachennest gelegt hat.

Weil es zum Frühstück schon wieder nur Salami oder klebrige Erdbeermarmelade gegeben hat, bin ich Richtung Küche gestartet, um mich zu beschweren. An diesem Morgen ist mir einfach nach Dampf ablassen gewesen. Hinter der Schwingtür, die Speisesaal und Küche verbindet, bin ich mit einem Mädchen zusammengestoßen, das die Haare hochgesteckt und mit zwei chinesischen Essstäbchen fixiert hatte. Sie befreite sich gerade von einer fleckigen Schürze, die bis zum Boden reichte, und schimpfte ziemlich heftig. Bevor ich noch einen Ton sagen konnte, erklärte sie schon ernst in meine Richtung: „Heute ist

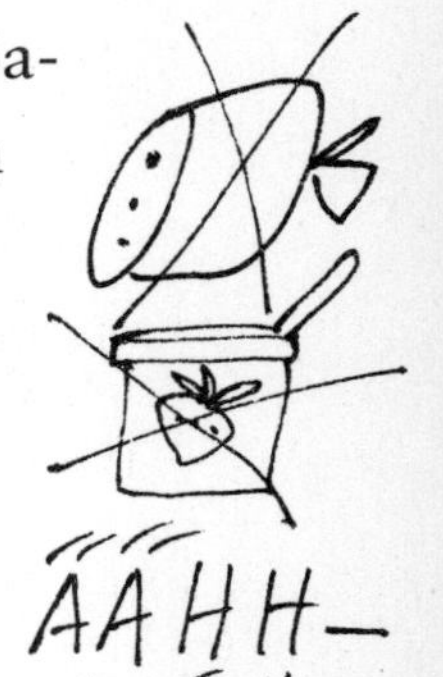

ein Tag, der einfach aus dem Kalender gestrichen gehört, wenn er so weitergeht."

Da konnte ich nur zustimmen. Ich habe heftig genickt, wir haben einander angesehen und auf einmal losgelacht.

„Was führt dich in mein Reich?", wollte das Mädchen wissen.

In diesem Moment wollte ich es nicht mehr sagen. Schließlich war es eine Beschwerde und dieser netten jungen Frau wollte ich nicht noch mehr Kummer bereiten, als sie ohnehin schon zu haben schien.

„Ich habe heute schon Krach mit meiner Mutter gehabt, erfahren, dass die gesamte Lieferung Obst und Gemüse für heute ausfällt, und festgestellt, dass sich die Mehlmotten an unseren Vorräten fett gefressen haben. Kannst du das toppen?"

In der hinteren Jeanstasche hatte ich einen der fiesen Zettel, die ich vorhin wütend von unserer Zimmertür gefetzt hatte. Ich hielt ihn Frau Schröger junior hin und sie sagte einen Satz, der mir wie ein elektrischer Schlag von den Zehen bis zu den Haarwurzeln fuhr.

„Wow, da muss aber ein Junge ziemlich in dich verknallt sein!"

„Verknallt? In mich?" Bei dieser Vorstellung wurde mir schwindlig. Jamie hatte diesen Verdacht ja auch schon geäußert.

„Es kann auch ein Mädchen sein, dem du einen Jungen ausgespannt hast“, mutmaßte Frau Schröger weiter. „Aus meiner langjährigen Erfahrung mit Schulklassen in unserem Haus kann ich dir jedoch sagen: Da steckt ein Junge dahinter. Für mich ein Fall von ‚schwer verliebt‘, aber wohl hoffnungslos, weil du ihn abblitzen lässt. Deshalb schlägt die Liebe in Hass um.“

Jetzt war ich es, die seufzte. Allerdings ohne Augenrollen, sondern einfach verzweifelt. Hatte ich einen Jungen abblitzen lassen? Mir fiel keiner ein. Außerdem wollte ich nicht, dass sich jemand in mich verknallte. Es müsste wirklich eine Art Schutzmantel geben, der verhindert, dass sich irgendjemand in mich verliebt.

„Deshalb bist du aber nicht in die Küche gekommen. Was kann ich für dich tun?“, hat sich Frau Schröger junior bei mir erkundigt. Sie wollte auch wissen, wie ich heiße, und hat sich selbst als Lizz vorgestellt. „Und bitte, sag du zu mir, sonst fühle ich mich wie eure Urgroßmutter!“

Da ich schon einmal da war, habe ich dann doch von meiner Abneigung gegen Tomaten, Zwiebeln, Salami und Klebstoff-Marmelade erzählt und Lizz hat verständnisvoll genickt.

„Ganz meine Meinung. Wir müssen es jetzt nur

schonend meiner Mutter beibringen, was heute absolut unmöglich sein wird. Nach Regen plagt sie nämlich ihr Rheuma und an solchen Tagen hält man am besten einen halben Kilometer Abstand zu ihr."

Ich wollte Lizz warnen, aber ich war wie versteinert. Mit den Augen habe ich hinter sie gedeutet, doch Lizz hat es nicht verstanden.

„Ich kenne bestimmt alle Namen, die ihr meiner Mutter gebt. Von Drachenwürgerin über Monster, Lady Dracula bis zu Steinbeißerin."

Ich konnte spüren, wie mir die Schweißtropfen aus den Hautporen traten. Meine Muskeln waren wie gelähmt, mein Körper wie aus Beton. Lizz hörte nicht auf zu reden: „Mutter ist ein hammerharter Knochen, für die ihr Schüler allesamt ein Haufen verzogener Wanzen seid, denen endlich jemand Manieren beibringen muss."

Hinter Lizz sauste eine schwere, geballte Faust auf eine Arbeitsplatte. Die Töpfe, die daraufstanden, sprangen bestimmt einen halben Meter hoch. Lizz drehte sich erschrocken um und sah jetzt endlich auch, was ich schon die ganze Zeit gesehen hatte: Durch die Tür zum Garten hatte Frau Schröger senior die Küche betreten und alles gehört.

„Mit den Manieren bin ich bei dir anscheinend nicht weit gekommen!", bellte sie los. „Unfassbar, wie du über deine Mutter sprichst! Unerhört, was du dir herausnimmst, Elisabeth! Und an meiner Erdbeermarmelade gibt es nichts zu meckern. Die Salami bleibt auch. Junge Leute essen heute zu wenig, darum haben sie auch keinen Speck mehr auf den Rippen. Daheim können sie hungern, bei uns wird ordentlich gegessen. Zwiebeln halten Erkältungen ab, darum fehlen sie bei uns in keiner Speise, und überhaupt, wo kommen wir hin, wenn jetzt schon die Kinder sagen dürfen, was sie wollen!“

Frau Schröger redete mit ihrer Tochter im gleichen Befehlston wie mit uns. Lizz ließ es über sich ergehen, ohne mit der Wimper zu zucken. Als ihre Mutter fertig war, blickte Lizz kurz zu mir und sagte dann zu Frau Schröger: „Weißt du was, Mutter, ich habe es nie gemocht, wie du mit unseren jungen Gästen umspringst. Und die Armen müssen es sich gefallen lassen. Vor dir zittern sogar die Lehrer.“

Für eine halbe Sekunde musste ich grinsen. Was Lizz da sagte, stimmte. Frau Kleber benahm sich neben der alten Frau Schröger wie ein Schulmädchen am ersten Schultag.

„Wer zu uns kommt, soll sich wohlfühlen. Auch Spaß ist einmal erlaubt. Schließlich ist das hier ein Landschulheim und kein Gefängnis. Ich möchte so kochen, wie es jungen Leuten schmeckt, und deine Erdbeermarmelade enthält zu viel Zucker.“

Frau Schröger lief knallrot an und hob die Faust, um sie erneut auf die Platte zu knallen.

„Du brauchst dich nicht mehr so aufzuregen. Ich gehe“, erklärte Lizz seelenruhig. „Koch doch allein! Mach alles, wie du es haben möchtest. Ich aber möchte nicht dafür geradestehen.“ Mit diesen Worten steuerte sie die noch immer offene Tür zum Garten an.

Zuerst dachte ich, Frau Schröger würde Lizz am Arm packen und ihr eine kleben. Doch sie hielt sie nur am kurzen Ärmel ihres olivgrünen T-Shirts zurück.

„Das kannst du mir nicht antun“, jammerte sie auf einmal los. „Du weißt genau, ich mag das Kochen nicht. Das ist deine Aufgabe.“

„Warum mischst du dich dann ständig ein?“, gab Lizz zurück.

Verlegen klappte Frau Schröger den Mund auf und zu. Unerbittlich setzte Lizz ihren Abgang fort.

„Ich tu es nicht mehr. Du entscheidest alles allein“, bot die Mutter an.

Lizz schien das zu wenig. Mit einem Fuß war sie schon im Garten. Frau Schröger folgte ihr aufgeregt.

„Nein, Lizz, übermorgen kommen doch gleich drei neue Klassen an und morgen ist der Abschiedsabend für unsere Gäste von heute.“ Sie zerrte Lizz am T-Shirt, wie meine kleine Schwester Wanda es bei mir macht, wenn sie ein Poster erbettelt.

„Die Küche ist ab heute Sperrgebiet“, verlangte Lizz.

Nach kurzem Zögern nickte ihre Mutter zustimmend. Lizz schien zufrieden und kehrte zurück.

„Nennen mich die Schüler wirklich Drachenwürgerin?“, erkundigte sich ihre Mutter leise bei ihr. Diesmal nickte Lizz. Frau Schröger senior machte ein bekümmertes Gesicht und zog geschlagen ab. Hinter ihr schloss Lizz die Tür.

„Das musste sein“, sagte sie zufrieden. „Deine Beschwerde war noch das Pünktchen auf dem i. Alle paar Monate ist so ein kleiner Krach fällig. Mutter bellt laut, aber wenn der andere sich nicht beißen lässt, wird sie schnell anschmiegsam.“

Wieder etwas dazugelernt. So also kann man einen Drachen bändigen. Haha!

„Was ist denn deine Lieblingsspeise?“, erkundigte sich Lizz.

Neuerdings waren es Chickenwings mit Sesamhonigkruste. Lizz versprach sie für den Abend. Als ich gehen wollte, hielt sie mich zurück.

„Mir ist etwas eingefallen, was diese Zettel angeht!“ Da war ich aber gespannt.

„Ich sollte mich sehr täuschen, wenn sie nicht von

einem Jungen kommen, der mit dir eine Rechnung offen hat. So starke Mädchen, wie wir zwei es sind, verschaffen Jungs oft schlechte Träume. Es muss jemand in deiner Umgebung sein, dem du eine schwere Niederlage zugefügt hast."

Das war das Stichwort. Auf einmal setzte sich das

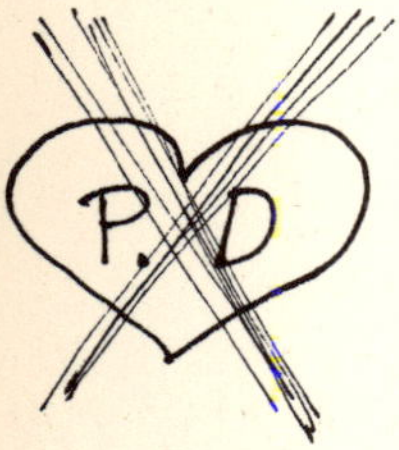

Puzzle von ganz allein zusammen. Die gute Nachricht zuerst: In den Zahnstocherer war ich ganz und gar nicht verknallt. Er ging mir nicht aus dem Kopf, weil ich ihn kannte. Allerdings mit karottenroten Haaren und unter einem anderen Nachnamen.

Wie Recht Lizz doch hatte: Philipp hatte eine schwere Niederlage durch mich erlitten. Die Zettel waren wohl die Rache. Er hatte mich nämlich sofort wiedererkannt.

Vor knapp zwei Jahren waren wir bei den Karate-Jugendmeisterschaften aufeinandergetroffen. Es war ein Spezial-Wettkampf, in dem der Beste der Jungen und die Beste der Mädchen gegeneinander antraten. In der Halle war vielleicht etwas los. Wir wurden lautstark angefeuert, und da die Jungen im Publikum in der Überzahl waren, bekam ich ein paar wirklich gemeine Sachen zu hören.

Mich hatte das kaltgelassen. Ich meine, es ist doch kindisch, wenn jemand brüllt: „Mach Hundefutter aus ihr!" Oder: „Mädchen müssen verlieren!"

Gewonnen habe damals ich. Die anfeuernden Jungen haben Philipp nach seiner Niederlage ausgebuht. Er musste in die Garderobe flüchten. Ich habe ihn danach nie wieder gesehen. Er war aus einer anderen Stadt und ist sofort heimgefahren. Ich wette, er hat seinen Klassenkameraden erzählt, er sei Sieger in dem Wettkampf geworden. Damit ich ihn jetzt nicht bloßstellen konnte, hatte er diese Gemeinheiten über mich verbreitet.

Jämmerlich. Einfach jämmerlich!

Ihm das Gleiche anzutun, wäre viel zu langweilig. Philipp Dachscho – du kannst dich noch auf was gefasst machen!

Krissi

Vor dem Landschulheim,
Donnerstag, nach dem Frühstück

Endlich! Wir werden von der Leine gelassen. Heute Nachmittag haben wir alle Ausgang. Wir dürfen in den Ort und uns dort „gesittet umsehen“, wie es Frau Kleber genannt hat. Keine Ahnung, was sie damit meint. Denkt sie, wir zeigen unsere blanken Hinterteile am Dorfplatz, oder glaubt sie, wir veranstalten ein lustiges Wettrülpsen im Eiscafé?

Herr Schneeburg hat seine Klasse ermahnt: „Wir essen nicht zu viel Eis, damit uns danach nicht übel wird. Wir essen überhaupt so wenig wie möglich Süßigkeiten, weil sie den Magen verkleben und wir am Abend bestimmt wieder eine gute Mahlzeit serviert bekommen. Außerdem achten wir darauf, keinen Lärm zu machen und die Bewohner von Grünwengen in ihrem Alltag nicht zu stören.“

Bitte, mit wem glaubt er zu reden? Das klingt wie die Ansprache an einen Kindergarten, der einen Streichelzoo besucht.

Egal. Britt weiß schon, was wir machen. Wir werden

mit Niklas und Gregor in die Eisdiele gehen und dort so richtig herumalbern. Allerdings findet Britt, dass die Jungen uns das Eis spendieren müssen. Sie ist das so gewöhnt, hat sie mir erzählt. Deshalb soll ich auch nicht wirklich sagen, dass ich in die Eisdiele gehe und unter keinen Umständen Niklas fragen, ob er mitkommt. Diese Frage muss unbedingt von ihm kommen, hat mir Britt mindestens zehnmal eingeschärft. Und wenn er fragt, soll ich so tun, als hätte ich gar keine richtige Lust dazu.

Niklas und Gregor stehen auf der anderen Straßenseite. Wir warten auf unsere Lehrer, die mit uns eine kleine Wanderung zu einer Schlucht unternehmen wollen. Unser Englisch-Jamie hat aber verschlafen und ist erst munter geworden, als Frau Kleber eine halbe Stunde lang gegen seine Zimmertür getrommelt hat.

Bix quasselt schon wieder mit diesem Unglückswurm aus der anderen Klasse, dieser Doris. Das geborene Mauerblümchen. Fürchte, Bix wird auch noch lange ohne Freund bleiben. Die beiden sind einfach zu wenig interessant für Jungen.

Trage heute ein Top, das Britt mir geliehen hat. Es ist pink und hat am Ausschnitt ein paar kleine Glitzersteinchen. Leider ist es ziemlich eng. Britt ist dünner als ich. Tief Luft holen kann ich nicht, sonst sprenge ich das gute Stück. Also stehe ich da und atme flach, ein wenig hechelnd, wie Amadeus, mein Hund.

Klasse!

In Britts Top sehe ich umwerfend aus. Das spüre ich. Niklas wird begeistert sein. Leider wirft er mir keinen Blick zu. Dabei stehe ich genau dort, wo die Sonne durch ein Loch im Laub der hohen Kastanie fällt. Der Fleck ist hell, als würde ein Scheinwerfer ihn beleuchten. Niklas muss mich einfach sehen.

Endlich. Er setzt sich in Bewegung. Das bedeutet, er kommt zu mir und Britt. Gregor ist auch dabei. Das kann nur bedeuten, sie werden uns fragen, ob wir mit ihnen am Nachmittag Grünwengen unsicher machen.

Krissi, sag nicht zu schnell ja! Lass dich bitten! Britt hat mir das mehrmals eingeschärft und ich vertraue ihr. Sie kennt sich aus.

Moment mal! Jungs, ihr geht in die falsche Richtung! *Hier* stehen wir, doch nicht da drüben. Ich glaub, mich knutscht ein Känguru. Niklas und Gregor steuern auf Bix und das Mauerblümchen zu. Sie bleiben vor ihnen stehen.

Sie sprechen sie an!

AAAHHHH

Die beiden müssen einen Sonnenstich haben!

BIX

Vor dem Landschulheim, Donnerstagvormittag

Ich kann es noch immer nicht fassen. Was ich davon halten soll, weiß ich auch nicht. Kann er es sein, der mir die Briefe geschrieben hat? Hat er vielleicht nur mit Krissi zusammengesteckt, weil er sie als Vermittlerin zu mir benutzen wollte? Das wäre natürlich gemein, weil er bestimmt falsche Hoffnungen in ihr geweckt hat, aber ich könnte es schon verstehen.

Gestern stand doch in dem Brief, mein Verehrer möchte mich treffen. Heute wurde ich angesprochen und in die Eisdiele eingeladen. Von Niklas!

Auf der anderen Straßenseite lauerte Krissi. Zum Glück können Blicke nicht durchlöchern, sonst hätte ich bestimmt ausgesehen wie ein Sieb. Krissi fletschte die Zähne, als wollte sie sich auf uns stürzen. Britt klammerte sich an Krissis Arm. Wahrscheinlich haben sich die beiden gegenseitig davon abgehalten, zu uns zu rennen und die Jungen fortzuschleifen.

Niklas hat verträumte rehbraune Augen. Seine Wimpern sind bestimmt die längsten, die ich je gesehen habe. Warum er sich diese Locke so komisch in die Stirn hängen lässt, verstehe ich nicht ganz, aber es stört nicht.

Gregor mag ich weniger. Wenn er spricht, wird sein Mund schief, so als würde er alle Worte nur aus dem rechten Mundwinkel ausstoßen.

„Die Tropicana-Coups sollen lecker sein“, hat Niklas gesagt.

Ich mag keine Tropicana-Coups. Bei Eis bin ich sehr altmodisch: Schoko, Erdbeer und Vanille sind meine Lieblingssorten, Bananensplit ist mein Lieblingseisbecher. Trotzdem habe ich so getan, als wäre ich total begeistert.

„Habt ihr Lust?“, hat Gregor gefragt. „Am Nachmittag heben wir die Eisdiele aus den Angeln.“

Doris' Augen sind fast gegen die Innenseite ihrer Brillengläser gestoßen. Ihre Kinnlade hing bis zu den Knien und sie hat keinen Ton herausgebracht. Bestimmt war es das erste Mal, dass ein Junge ein Wort mit ihr gesprochen hat.

Ich war vielleicht cool. Bix, du kannst stolz auf dich sein. Ganz locker habe ich den Kopf zur Seite gelegt, als müsste ich erst einmal angestrengt nachdenken.

„Hmmm, mit euch?“, habe ich gesagt. Die zwei sollten nicht denken, sie seien die Einzigen, die uns einladen. „Mit euch?“, habe ich wiederholt. Mir ist nichts Besseres eingefallen.

„Habt ihr schon eine Einladung?“ Gregor hat sich richtig alarmiert angehört.

Leider hat Doris alles verpatzt. Sie hat „Nein“ gehaucht. Das war natürlich voreilig. Sie hätte nicken sollen.

„Um vier Uhr in der Eisdiele am Dorfplatz!“, kam es von Niklas.

Doris hat keinen Ton mehr herausgebracht, sondern nur noch geglotzt.

Niklas hat seine dunklen Augenbrauen auf und nieder zucken lassen und mir zugezwinkert. Gregor hat das Gleiche bei Doris getan. Die beiden sind dann weitergeschlendert zu ein paar anderen Jungen aus ihrer Klasse. Ich gebe es zu: Auch ich habe geglotzt. Bausteine habe ich geglotzt.

Das musste er sein. Mein Verehrer, der mir so viele Briefchen zugesteckt hat.

Niklas

Bestimmt der süßeste Junge aus der anderen Klasse.

„Warum mich?“, flüsterte Doris.

Ganz ehrlich, dazu ist mir auch keine Antwort eingefallen. Bei mir war das etwas anderes. Ich bin sicher nicht so schick wie Britt, sondern mehr der Kumpeltyp, aber darauf sollen viele Jungen stehen. Nicht jeder will eine Schaufensterpuppe zur Freundin haben. Frauen zum Pferdestehlen sind sehr gefragt – behaupten jedenfalls meine geliebten Romanhefte.

Von Krissi halte ich mich besser fern. Sie macht ein Gesicht, als wollte sie mich erwürgen. Dabei kann ich wirklich nichts dafür, wenn sich ein Junge eben mehr für mich als für sie interessiert.

Krissi

In der Teufelsschlucht, an einem Donnerstag, den ich nur vergessen möchte

Bix ist eine Verräterin. Es ist klar, dass sie noch sehr kindlich ist und nicht halb so reif und erwachsen wie ich. Nie aber hätte ich gedacht, dass sie so falsch sein kann.

Absichtlich hat sie das getan. Absichtlich hat sie Niklas den Kopf verdreht. Absichtlich hat sie ihn in ihr Netz gelockt, diese Spinne!

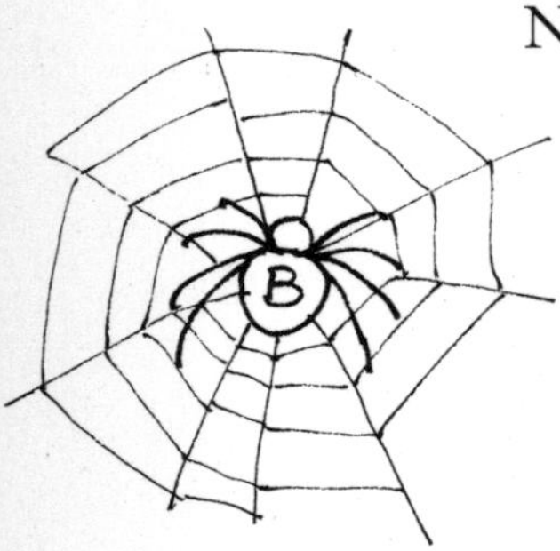

Bix – Verräterin!

Ich wette, Vanessa findet es genauso abscheulich wie ich. Werde mit ihr sprechen. Bix verdient einen Denkzettel für das, was sie mir angetan hat. Dieses rachsüchtige Biest!

Wie konnte ich überhaupt so lange mit ihr befreundet sein? Ich war blind. Anders ist das nicht zu erklären. Während in mir alles kocht, scheint sich Britt in eine Eisprinzessin verwandelt zu haben. Noch nie zuvor habe ich so dünne Lippen gesehen. Sie presst sie zu einem Strich zusammen, neben dem ein Bindfaden wie ein Feuerwehrschlauch aussieht.

Armer Niklas, armer Gregor. Jungen sind leider wirklich schwach und deshalb können sie auch einer – so einer …

Geheimbotschaft Nr. 6, vorne im Umschlag

… in die Falle gehen. Bestimmt hatten sie überhaupt keine Chance, sich zu wehren.

Ob Alexa Bix irgendein Pulver mitgegeben hat? Schließlich war es Bix, die Alexa mit dieser riesigen Tüte Chips bestochen hat. Kann durchaus sein, dass sie sich wieder einmal etwas ganz Besonderes herausgeschlagen hat.

Falschheit, dein Name ist Bix.

BIX

Teufelsschlucht, Donnerstagvormittag

Fühle mich wie in der Hölle. Das hat allerdings nichts mit der Teufelsschlucht zu tun, sondern mit dem Brief, den ich gerade bekommen habe. Vanessa hat ihn in ihrer Jackentasche gefunden. Es stand mein Name darauf.

Liebesbrief Nr. 4, vorne im Umschlag

Wie soll ich das verstehen? Bin wirklich verwirrt. Niklas kann das nicht geschrieben haben. Oder doch? Besitzt er vielleicht eine gespaltene Persönlichkeit wie dieser Doctor Jekyll und Mister Hyde? Verehrt er mich auf der einen Seite und ist gleichzeitig auf sich selbst eifersüchtig?

Hilfe! Das wird mir zu kompliziert.

Werde versuchen, diesen Brief einfach zu vergessen. Ich zerreiße ihn zu Konfetti und lasse die Schnipsel in den Wildbach schneien, der unter den Holzstegen tobt, auf denen wir hier balancieren müssen.

VANESSA

Teufelsschlucht, Donnerstagvormittag

Es gibt einen Jungen, der bestimmt am liebsten auf den höchsten Baum klettern und sich bei den Eichhörnchen verstecken würde. Dieser Junge hat bis zur Abfahrt am Samstag einen düsteren Schatten, der ihm auf Schritt und Tritt folgt. Der Schatten hat kurze Haare, die fast so schwarz sind wie seine. Versucht der Junge schneller zu gehen, um seinen Schatten abzuschütteln, holt ihn der Schatten sofort wieder ein. Läuft der Junge nach hinten, macht auch der Schatten kehrt.

Der Junge heißt übrigens Philipp Dachscho und der Schatten bin ich. Natürlich könnte ich ihn auch vor den Augen seiner Klassenkameraden zu Boden befördern. Kann mir nicht vorstellen, dass er in den vergangenen zwei Jahren wesentlich besser geworden ist. In den Augen seiner Kumpel wäre er dann das, was er ist: ein Verlierer.

Allerdings fände ich so einen Überfall nicht fair. Wenn er mit absolut faulen Tricks kämpft, mache ich das nicht auch. Deshalb habe ich mich für die Schatten-Taktik entschieden. Mit finsterer Miene starre ich Philipp an, treffen sich unsere Augen, schiebe ich meine Brauen zusammen und senke langsam den Kopf. Dieser Blick soll sagen: Ich kenne dein Geheimnis. Ich weiß, wer du bist. Ich weiß, dass du mir unterlegen warst. Um das Ganze noch zu verstärken, habe ich ihm im Vorbeigehen zugeraunt: „Wart's nur ab!"

Bestimmt habe ich nur geflüstert. Philipp aber ist gesprungen, als hätte ich ihm mit einer Trompete direkt ins Ohr geblasen. Ein bisschen sehr nervös, dieser junge Mann. Warum eigentlich? Seine Rache hatte er doch schon. Die anderen Jungen aus seiner Klasse bekommen alle das große Kichern, wenn sie mich sehen. Reicht ihm das nicht?

Ich, Vanessa, der unerbittliche Schatten, wittere ein dunkles Geheimnis bei Philipp Dachscho und beim sternförmigen Muttermal auf meinem rechten Daumen, ich werde es lüften. Leider muss ich alles allein machen, da Krissi und Bix beide ausfallen. Krissi, weil sie zwischen Liebeskoller und Wutanfall schwankt, und Bix, weil sie ständig etwas von einem „Verehrer" faselt.

Crazy-Klaus ist auf einmal neben mir aufgetaucht. Manchmal ist er mir unheimlich. Er erscheint wie aus dem Boden gewachsen und bevor er noch ein Wort sagt, gibt er eine kleine Kostprobe seines irren Lachens von sich. Dieser Junge hat keinen Vogel, vielmehr hat er etwas von einem Vogel. Jetzt fällt mir auch ein, von welchem: Crazy-Klaus ist ein Specht. Genauso bunt und genauso verrückt wie der Specht aus der Zeichentrickserie. Außerdem bekommt einer wie Crazy-Klaus ganz bestimmt keine Kopfschmerzen, selbst wenn er mit der Stirn gegen einen harten Stamm hämmert.

Na ja, vielleicht ist das übertrieben, aber trotzdem passt es zu Crazy-Klaus.

„Kennst du die Schwefelspinne?“, hat er mir verschwörerisch zugehaucht.

Ich interessiere mich sehr für krabbelnde Tiere, von einer Schwefelspinne hatte ich jedoch noch nie etwas gehört. Auffordernd hat Crazy-Klaus mit den Augenbrauen gewackelt und mit dem Kopf in den Wald gezeigt. Neugierig bin ich ihm gefolgt. Sein Ziel war der mächtige Wurzelstock eines gefällten Baumes, der an einen Riesenkraken mit flachem Kopf erinnerte.

„Die Schwefelspinne vergiftet ihre Opfer“, erzählte Crazy-Klaus keuchend. „Doch tun es nur die Männchen. Sie laden die Weibchen zu sich ein, um ihnen dann das Gift zu verabreichen.“

Wie bitte?

Das konnte nicht sein Ernst sein.

Er sprang auf die Schnittfläche und ruderte mit den Armen.

„Rettet die unschuldigen Weibchen, die den Schwefelmännchen in die grausigen Arme fallen."

Hastig habe ich mich nach Hilfe umgesehen. Allein wollte ich wirklich nicht mit Klaus im Wald sein. Am Ende hielt er sich selbst für eine Schwefelspinne. Ihm war alles zuzutrauen.

Die Augen weit aufgerissen, hat er mich angestarrt. „Rettet die Weibchen!", sagte er eindringlich.

Gerettet habe ich etwas: mich. Ohne Kommentar bin ich weggelaufen und den anderen hinterher. Erstens sollte Philipp nur nicht denken, sein Schatten sei ihm von der Seite gewichen, und zweitens war mir bei Crazy-Klaus das Gruseln gekommen.

Von einer kleinen Böschung bin ich zurück auf den Weg gesprungen. Ich wollte um die Biegung, hinter der der Rest unserer Klasse schon verschwunden war, als mir Emu entgegentrat. Der Umgang mit Crazy-Klaus tut ihm nicht gut. Emu hat jetzt auch schon diese geweiteten Augen und das irre Glitzern in den Pupillen.

„Lass sie nicht im Stich!", waren die Worte, die er nach mehreren Anläufen flehend herausgestoßen hat.

Ich brauche Hilfe! Bin ich nur noch von Verrückten umzingelt? Normalerweise verlässt mich die Ruhe nicht. Jetzt aber ist das anders.

Hilfe!

BIX

Toilette der Eisdiele, Donnerstagnachmittag

Das ist bestimmt die allerkleinste Toilette, die ich je in meinem Leben betreten habe. In einen Besenschrank wurde eine Art Töpfchen gestellt, wie es sonst nur Babys benutzen. An der Tür haben die beiden Nullen kaum Platz. Ich hocke auf dem Spülkasten, die Füße auf dem zugeklappten Klodeckel, auf der Flucht vor Niklas und Gregor. Brauche dringend eine Pause in dieser atemberaubenden Verabredung.

Doris und ich haben uns natürlich schick gemacht. Zuerst wollte ich die Bluse im Hippie-Stil nehmen, mit den bunten Stickereien und dem gekreppten Stoff. Sie ist weit und überspielt den Speck an meinen Hüften. Im Spiegel des Badezimmers habe ich darin allerdings ausgesehen wie ein Nilpferd im zu kurzen Nachthemdchen. Also habe ich das enge T-Shirt mit dem Aufdruck *Glotz nicht so! Noch nie ein Weltwunder gesehen?* genommen. Es ist nabelfrei. Das sollte es aber nicht sein. Mein Bauch guckt nur heraus, weil Mam das T-Shirt zu heiß gewaschen hat und es eingegangen ist. Es schnürt mich oben ab wie eine Wurstpelle und unter dem Saum quellen die Speckröllchen hervor. Also auch nichts. Ich habe Stück für Stück aus dem Schrank gezerrt und anprobiert, sogar Vanessas Sachen, und am Ende stand ich in einem Berg von Klamotten und wollte schon meine Jeansjacke auf nackter Haut tragen. Etwas anderes war nicht übrig geblieben. Draußen sind es heute aber bestimmt dreißig Grad und es sieht sicher sehr komisch aus, wenn ich in einer Jeansjacke herumsitze, also habe ich doch die Hippie-Bluse angezogen und die Jacke trage ich ganz lässig am Zeigefinger über der Schulter.

Doris hat sich von einem Mädchen aus ihrer Klasse Make-up geliehen. Das hätte sie allerdings besser bleiben lassen sollen. Sie hat wirklich wenig Erfahrung mit Schminken, und weil sie zu viel Lidschatten aufgetragen hat, sieht sie aus, als wäre sie gegen eine Tür gerannt. Das konnte ich ihr natürlich nicht sagen. Sie hat ohnehin schon vor Aufregung mit den Zähnen geklappert und ständig gemurmelt: „Ich sterbe, ich sterbe, ich sterbe."

Die gute Nachricht: Sie hat es überlebt. Wir sind natürlich nicht pünktlich zur Eisdiele gekommen. Von drei Uhr an haben wir hinter der Hausecke gestanden

– Doooris —

und die Zeiger der Uhr auf dem Kirchturm hypnotisiert. Als sie endlich auf zwei Minuten nach vier standen, sind wir los.

Es sollte aussehen, als kämen wir ganz zufällig an der Eisdiele vorbei und würden dort ganz zufällig Niklas und Gregor treffen und uns ganz zufällig erinnern, dass wir uns mit ihnen verabredet hatten.

Wir sind also losgestürzt und haben uns den Hals nach den beiden Jungen verrenkt. Sie waren aber noch nicht da.

„Sie kommen nicht. Bestimmt nicht!“, hat Doris, diese Schwarzseherin, gejammert.

Aber Niklas und Gregor sind dann doch noch aufgetaucht. Nur mit einer Viertelstunde Verspätung. Doris und ich konnten die Eiskarte bereits auswendig.

Noch immer war ich ganz locker und habe die Jungs begrüßt: „Ach, da seid ihr ja, wir sind auch erst vor einer Minute gekommen.“

Eine zweite, unsichtbare Bix neben mir hat den Daumen hochgestreckt und mir lobend zugezwinkert. Ja, so macht man das mit den Jungen.

Leider hat Doris nicht so viel über Verabredungen gelesen wie ich und mich sofort verbessert: „Stimmt doch nicht, wir warten schon seit vier.“

Ganz ruhig bleiben, Bix, habe ich mir zugeredet.

Die Ereignisse der nächsten zehn Minuten mit wenigen Worten: Niklas hat sich ständig hinter der Eiskarte versteckt. Es hat komisch ausgesehen, da vorn auf der Karte ein Gesicht aus Eiskugeln und Schokolinsen und mit einer Waffel als Hütchen abgebildet ist. Das Eisgesicht schien auf seinem Hals zu sitzen.

Von Gregor kam alle zehn Sekunden ein grunzendes Röcheln. Er muss ein Atemproblem haben.

Wir bestellten Bananensplit für mich, Heiße Liebe für Doris und zweimal Lemon-Cola für die Jungs.

Außer uns war niemand im Eiscafé. Von der Straße kam hin und wieder das Brummen eines vorbeifahrenden Autos. Niklas guckte mittlerweile immer wieder über den Rand der Eiskarte. Seine Wimpern sind noch länger, als ich dachte. Gregor schien noch den Frosch im Hals zu haben und gab ständig dieses schnarchende Geräusch von sich.

Doris saß da und zerfetzte ihre Papierserviette in millimeterkleine Stückchen. Über uns, im Laub einer alten Kastanie, zwitscherten Vögel und in der Eisdiele fluchte der Verkäufer auf Italienisch.

So verstrichen die Sekunden.

Und die Minuten.

Zweimal setzte Niklas zu einer Frage an, brach dann aber mitten im Satz ab. Hustend verschwand er wieder hinter der Eiskarte und ich sah dem Eisgesicht in die Schokoaugen.

Als Erste ist Doris auf die Toilette geflüchtet, was ich ziemlich feige fand. Sie konnte mich doch nicht allein mit beiden Jungen zurücklassen.

Gregor schnitt Grimassen. Er scheint seine Gesichtsmuskeln nicht unter Kontrolle zu haben. Mit aller Gewalt versuchte er, sie in die Länge zu ziehen. Schließlich hat er sich die Frage abgerungen: „Weißt du, wie die Seekuh macht?“

Für so interessiert hätte ich ihn gar nicht gehalten. Seekühe sind keine alltäglichen Tiere.

„Du meinst die Geräusche, die sie von sich gibt?“

Er biss sich auf die Lippen und nickte heftig.

Seekühe hatte ich einmal in einem Film im Fernsehen

gesehen. Dick und rund schwammen sie die ganze Zeit unter Wasser und weideten riesige Mengen an Tang ab. Dazu wurde Musik gespielt. Die Stimmen der Tiere waren aber nicht zu hören gewesen.

„Mach mal wie die Seekuh!“, bat mich Gregor.

Während ich überlegte, welche Laute diese Tiere von sich geben, ist Doris zum Tisch zurückgekehrt. Da unser Eis noch immer auf sich warten ließ, habe ich die Gelegenheit genutzt und bin ebenfalls Richtung Toilette davon.

Hier sitze ich nun und überlege, wie die Seekuh machen könnte. Vielleicht beeindruckt es Niklas, wenn ich es weiß. Er könnte sich besonders für Seekühe interessieren, wie Crazy-Klaus für seine Spinnen. Ist nicht anzunehmen, dass Seekühe eine Art Muhen von sich geben. Meerschweinchen sind auch keine Schweine, werden aber so genannt, weil ihr Quieken an Schweine erinnert.

Irgendwie habe ich mir ein Treffen mit den Jungen anders vorgestellt. In meinen Lieblingsromanen ist es viel romantischer.

Vielleicht liegt es auch an mir. Ich weiß einfach nicht, was ich sagen soll. Es gibt Tausende Bücher, aber ich habe noch keines gefunden, in dem erklärt wird, worüber man mit Jungen sprechen kann. Geht es wirklich nur um Seekühe?

Bestimmt liegt es an mir und Doris. Niklas und Gregor sind sicher enttäuscht von uns und halten uns für die größten Langweilerinnen.

Krissi

Hinter einer Mülltonne, Donnerstagnachmittag

Es war Britts Idee. Das muss ich gleich einmal festhalten. Sie hätte es sogar ohne mich getan, deshalb konnte ich auch gleich mitkommen. Normalerweise würde ich so etwas nicht machen, aber zurzeit ist nichts normal.

Oder findet es irgendjemand normal, wenn der süßeste Junge einer ganzen Schulklasse ausgerechnet ein doofes und ein pummeliges Mädchen zum Eisessen einlädt, wenn er auch mit den beiden angesagtesten und reifsten Girls des ganzen Landschulheimes ausgehen könnte?

Wir mussten mehr darüber herausfinden und deshalb sind wir auch zur Eisdiele gegangen. Britt mag eine Ahnung von Lipgloss und Haarstyling haben, wie man sich aber möglichst nah an Leute heranpirscht, die man belauschen will, weiß sie allerdings nicht. Ohne mich hätte sie gar nichts erfahren und stünde jetzt noch einen halben Kilometer entfernt.

Aber Krissi weiß Rat. Ich bin immer der Meinung, man kann aus dem Fernsehen viel lernen. Aus Krimis zum Beispiel, wie man ganz unauffällig an ein Eiscafé herankommt und gut versteckt alles mithören kann, was an einem Tisch gesprochen wird.

1. Ausschau halten nach einem geeigneten Versteck, das dich verdeckt, gleichzeitig aber möglich macht, jedes Wort mitzuhören.

2. Man wartet, bis die zu belauschenden Objekte abgelenkt sind. Das war der Fall, als dieser muffige Wuschelkopf mit Block und Kugelschreiber kam und die Bestellung aufnahm. Geduckt sind Britt und ich auf den weißen Holzzaun zugesteuert, der um die Tische und Sonnenschirme aufgestellt war und hinter dem uns einige Mülltonnen Deckung gaben.

3. Hinter dem ausgekundschafteten Versteck abtauchen und Ohren in die Richtung schwenken, aus der die Stimmen kommen.

4. Größte Vorsicht dabei, wo man hintritt oder sich hinkniet. Britt hat etwas Weiches unter ihrem Knie gespürt, das sich als Hundewürstchen herausstellte. Dafür bin ich in eine graue Kugel getreten, die aus den gesammelten ausgekauten Kaugummis einer ganzen Schule bestand.

5. Immer die Hand auf den Mund pressen, damit man nicht losbrüllt vor Wut oder laut loslacht.

Bitte, wie soll eine Kichererbse, wie ich es bin, ernst bleiben, wenn Bix am Tisch sitzt und wie ein Nebelhorn tutet. Niklas und Gregor konnten nicht genug davon bekommen, wollten dieses „Muauoooo" mal höher und mal tiefer hören und taten sehr begeistert.

Das können sie nicht ernst meinen!

Mein Traumjunge kann doch nicht einfach mit meiner ex-besten Freundin in der Eisdiele sitzen und herummuhen, wenn er von mir sportliche Spitzenleistungen, sprühenden Witz und hochintelligente Unterhaltung geboten bekommen könnte.

Sind denn alle Jungen dieser Welt verrückt?

Das Muauoooo-Konzert wurde unterbrochen, als die Eisbecher kamen. Niklas und Gregor haben sich diese hohen Gläser voll Cola und mit einer großen Kugel Eis gewählt. Wie die kleinen Jungen haben sie an den Strohhalmen nicht gesaugt, sondern hineingepustet und die Cola zum Blubbern gebracht. Dabei scheint Bix einige Flecken abbekommen zu haben, was sie aber locker genommen hat. Sonst regt sie sich über Flecken immer wahnsinnig auf und zieht sich auf der Stelle um.

Als das Löffel-Gläser-Klirren endlich beendet war, hat Gregor Doris und Bix offensichtlich irgendetwas erzählt. Britt und ich haben einander ständig fragend angesehen. Was Gregor da von sich gab, machte uns sprachlos. Britt hat mir ins Ohr gezischt, was ich mir ohnehin schon die ganze Zeit dachte.

Da war es wirklich aus bei mir. Niklas hin oder her, es reichte jetzt langsam. Was hier lief, war einfach eine pure Gemeinheit. Selbst wenn Bix nur meine ex-beste Freundin ist, lasse ich das auf keinen Fall mit ihr geschehen. Ich wollte sofort aufspringen und sie warnen, kam aber nur bis zum oberen Rand der Mülltonnen. Das unangenehme Geräusch unter meinem linken Arm ließ mir das Blut in den Adern gefrieren. Wie versteinert blieb ich stehen, meine Hände vor die Brust gepresst. Die Naht des pinkfarbenen Tops hatte nicht mehr standgehalten und war geplatzt. Von der Achsel bis zur Hüfte, restlos. Wie ein loser Lappen wollte das Top von mir abfallen. Zum Glück habe ich es gerade noch fassen können, sonst hätte ich oben ohne vor Niklas, Gregor, Bix und Doris gestanden.

Hölle! Bix hat mich entdeckt!

VANESSA

Landschulheim, Donnerstag, später Nachmittag

Wie bringt man einer guten Freundin schonend bei, dass sie sich von einem hohlköpfigen, schlitzohrigen, hundsgemeinen, durchgeknallten, kulleräugigen

NACHWUCHS-**MACHO**

zu einer dumpfbackigen, bescheuerten, hirnlosen Witzfigur hat machen lassen?

Am besten wäre es sicherlich zu sagen: „Auf dieser Welt sind wir nicht nur von edlen Rittern und noblen Gentlemen umgeben, nein, liebe Bix, es treibt sich auch so mancher Schurke herum, der dir an Verstand und Klugheit nicht das Wasser reichen kann, dir jedoch mit tiefen Blicken und falschen Komplimenten versucht, den Kopf zu verdrehen. Ein solch übler Kerl hat es gewagt, sich dir zu nähern, und ich, deine beste Freundin, biete dir an, ihm die Strafe zukommen zu lassen, die er verdient. Der Wicht scheint einen bösen Bann über dich verhängt zu haben, der deinen wachen Geist und deinen hellen Kopf umnebelt hat. Aus diesem Grund konntest du, trotz deiner steten Wachsamkeit, nicht erkennen, welch übles Spiel er mit dir getrieben hat."

Ja, so wäre es elegant und mitfühlend gewesen. So hätte bestimmt Bix gesprochen, wenn mir das Gleiche widerfahren wäre wie ihr. Doch mir ist es nicht geschehen, sondern ihr, und ich rede anders. Deshalb habe ich auch gesagt: „Du Knalltussi, fällst du jetzt schon auf jeden Komiker herein, bei dem sonst sogar eine Horde wilder Affen zu heulen beginnt?"

Was heißt das übersetzt?

Den Nachmittag habe ich damit verbracht, Philipps Schatten zu sein und ihm überall, wohin er auch mit seinen Kumpels ging, zu folgen. Ständig hat er mein ernstes Gesicht gesehen und einige Male habe ich dazu auch noch die Faust erhoben, mahnend und warnend. Philipp zappelte, als hätte er eine Handvoll Ameisen in seinen Boxershorts.

Seine Freunde machen auch schon ständig Witze und meinen, ich sei ganz verrückt nach ihm. Sollen sie nur! Die Wahrheit ist viel besser und sie werden schon noch erfahren, welches Geheimnis Philipp und mich verbindet.

Beim Zurückkommen ins Landschulheim bin ich Bix vor dem Eingang begegnet. Doris war auch dabei und beide waren ziemlich durcheinander. Sie wollten sofort in ihre Zimmer und ich habe beim besten Willen nicht verstanden, was der Grund dafür war. Da ich Bix kenne und sie sehr verändert und verstört gewirkt hat, bin ich ihr nachgelaufen. Unterwegs hat mich Lizz kurz aufgehalten und mir den Speisezettel für den letzten Tag vorgestellt. Sie wollte wissen, ob das so nach meinem Geschmack sei. Es wird Pizza und Apfelstrudel geben. Beides wurde von mir genehmigt.

Weiter zu Bix. Bevor sie losgegangen war, hatte sie noch unseren Schrank ausgeräumt und alle Klamotten auf Bett und Boden verteilt. Jetzt aber stand sie da mit einer Nagelschere und werkte an ihren Unterhosen herum.

Zuerst blieb mir einfach die Spucke weg. Bix schnipselte wie besessen und trennte die Firmenschildchen heraus, die hinten in den Höschen eingenäht waren.

Gut, das ist noch nichts Besonderes. Ich trenne auch alle Schildchen aus meinen T-Shirts, weil sie mich kratzen. Aber ich mache dann nicht das, was Bix tat: Sie hat die Schildchen aus dem Fenster geschleudert. Nicht geworfen, nein geschleudert! In einem hohen Bogen hinunter auf die Straße.

Einen Moment lang habe ich überlegt, ob ich den Notarzt rufen soll. Vielleicht hatte Bix eine Krise und brauchte einen Arzt. Vorsichtig und nicht zu laut habe ich sie angesprochen und mich erkundigt, warum sie das tut.

„Wir werden belauscht! In den Schildchen sind Metallfäden eingearbeitet. Ein Junge aus Niklas' Klasse besitzt ein Funkgerät, mit dem er uns abhören kann. Die Metallfäden übertragen jedes Wort", erklärte sie völlig aufgelöst.

Wieder hatte sie ein Schildchen aus einem blassrosa Slip getrennt und beförderte es in hohem Bogen aus dem Fenster. Als sie heftig schnaufend zum Bett zurückkam, habe ich ihr zuerst einmal die Hand auf die Stirn gelegt. Mir fiel ein, es könnte auch ein Sonnenstich sein. Der Tag war heiß und vielleicht hatte sie bei der Wanderung zu viel Sonne auf den Kopf bekommen. Tatsächlich glühte Bix' Stirn.

Bix regte sich ziemlich auf und meinte, ich solle mich nicht wie ihre Mutter aufführen. Sie wisse, was sie tue. Niklas und Gregor haben Doris und sie gewarnt. Jeden Abend erzählt der Junge allen anderen, was er tagsüber bei den Mädchen mitgehört hat. Über Bix würden sie besonders viel lachen.

Das Lachen war bis in unser Zimmer zu hören. Es kam von draußen, von der Straße. Bix ist ans Fenster gestürzt und ich bin über die Betten zu ihr gehechtet. Vielleicht wollte sie als Nächstes aus dem Fenster springen und diejenigen erwürgen, die unten standen und sich vor Vergnügen auf die Schenkel klopften.

Es waren nicht nur Niklas und Gregor, sondern mindestens noch zehn weitere Jungen. Wie Jagdtrophäen hielt Gregor die Schildchen in die Höhe und bellte dazu

wie eine Hyäne. Bix ist zurückgetaumelt und rücklings auf ihr Bett gefallen. Sie hat pfeifend nach Luft gejapst, weil ihr schlagartig klar wurde, was die Jungen mit ihr getan hatten.

Ganz ehrlich – das darf Bix aber niemals erfahren –, ich habe den Streich absolut witzig gefunden. Bix ist leider schrecklich leichtgläubig und ein willkommenes Opfer für solche Gemeinheiten. Sie hat mir leidgetan. Niklas' Einladung zum Eisessen hat ihr wohl sehr geschmeichelt, schließlich war er Krissis Verehrer und damit nicht irgendein Junge, sondern ein ganz besonderer. Jetzt war Bix bloßgestellt vor allen anderen im Landschulheim und vor Krissi.

„Bestimmt sitzen sie gleich beisammen und lachen sich schlapp", hat sie gestammelt.

Bix' sonst so rosiges Gesicht hatte auf einmal die Farbe von Mozzarella. Über ihrer Oberlippe standen Schweißtropfen. Mit einem gequälten Heulton hat sie sich auf den Bauch gewälzt und den Kopf im Kissen vergraben. Um sie zu trösten, habe ich sie an der Schulter gefasst, aber Bix war auch wütend auf mich und hätte mich um ein Haar gebissen. Deshalb bin ich gegangen. Vielleicht brauchte sie einfach ein wenig Zeit, um sich wieder abzuregen.

Etwas interessiert mich jetzt sehr: Hat Krissi von dieser fiesen Aktion gewusst? Hat sie sie am Ende mit ihrem Schnuckelchen ausgeheckt? Dann aber kann sie ihr Testament machen.

Krissi

In der Besenkammer, Donnerstagnacht

Noch mehr als 36 Stunden, bis wir endlich von hier abfahren. Ich zähle die Minuten. Wieso gibt es keinen

Radiergummi für den Kopf, der Erinnerungen an die schrecklichsten Tage des Lebens auslöscht?

Am besten, ich bleibe bis zum Samstag in dieser Besenkammer. Draußen gibt es wirklich nichts, was mich auch nur ein klitzekleines bisschen interessiert.

Meine beiden besten Freundinnen, die schon Ex-Freundinnen waren, als wir hergekommen sind, hassen mich.

Britt, meine neue gute Freundin, hat mich „kindisches Weichei“ genannt, als ich mich über den Höschen-Schildchen-Streich aufgeregt habe und darüber, wie die Jungen Doris und Bix zu Witzfiguren gemacht haben. Niklas, dieser Feigling, macht sofort die Biege, wenn er mich sieht. Er versteckt sich hinter Gregor, weil er genau weiß, wie absolut schäbig diese Aktion mit Bix und Doris war.

Ah, Doris! Sie ist wahrscheinlich die Letzte, die noch

ein Wort mit mir spricht. Schade, dass sie nicht in unsere Klasse geht. Wenigstens neben ihr hätte ich sitzen können. Im Bus, auf der Heimfahrt, werde ich entweder zu den Koffern in den Gepäckraum oder auf das Dach müssen. Bestimmt gibt es für mich keinen anderen Platz.

Doris hat das Spielchen, das Niklas und Gregor mit ihr und Bix getrieben haben, ziemlich locker genommen. Sie ist wohl Kummer gewohnt.

„Wenigstens bin ich einmal einem Jungen aufgefallen", hat sie beim Abendessen gesagt. Wir zwei haben an einem winzigen Wandtisch gesessen, weil nirgendwo sonst etwas frei war. „Mein Vater meint, ich bleibe immer ein Mauerblümchen", hat sie erzählt. Sie sagte das, als hätte sie schon aufgegeben, dabei ist sie so alt wie ich.

„Ich habe von diesem Streich nichts gewusst", habe ich ihr versichert.

Doris hat das nicht sonderlich interessiert. Sie hat sich nicht einmal mehr um das Gekicher und Getuschel rund um sie gekümmert.

Warum alle einen Bogen um mich machen? Vanessa, weil sie mich für eine Mitwisserin hält, und Britt und ihre Anhängerinnen, weil sie auf der Seite von Gregor und Niklas stehen. Der Rest meiner Klasse ist geteilt:

Eine Hälfte denkt wie Vanessa, der Rest ist Britts Meinung und die Jungen aus der anderen Klasse stecken alle mit Niklas und Gregor unter einer Decke.

Bix hat das Abendessen ausgelassen. Frau Kleber denkt, sie habe sich am Nachmittag den Magen verdorben, weil sie zu viel Eis gegessen hat.

Nach dem Abendessen hat ein Quiz stattgefunden. Unsere Klasse gegen die von Niklas und Gregor. Ich glaube, wir haben gewonnen. Mitgeholfen habe ich jedenfalls nicht. Erstens hat mich keiner gefragt und zweitens habe ich keine einzige Frage richtig gehört. In meinem Kopf rast ständig herum, was ich in den vergangenen Tagen erlebt habe.

Bitte, wie soll ich den morgigen Tag überleben? Kann ich mir nicht vielleicht den Arm brechen, dann müssen mich Mam und Paps abholen, ich fahre im Auto und bin weit weg von allen anderen. Über das Wochenende bearbeite ich sie, mich in einer anderen Schule anzumelden und am besten auch gleich unser Haus zu verkaufen und ans andere Ende der Stadt zu ziehen. So könnte ich von vorn beginnen.

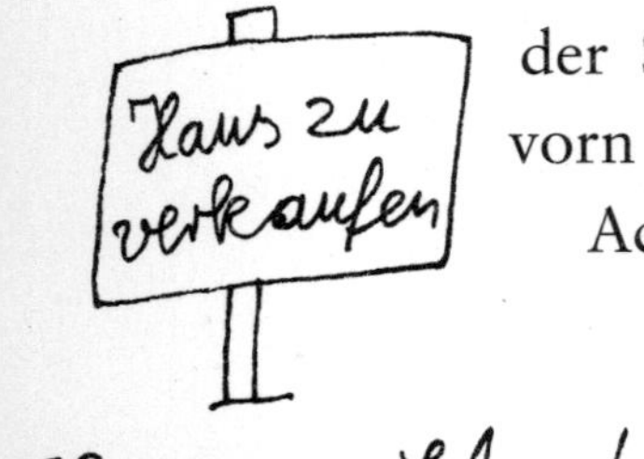

Ach, vergiss es, Krissi! Ich bekomme nicht einmal blaue Flecken und auf einen gebrochenen Arm habe ich wirklich keine Lust. Die Schule kann ich frühestens im nächsten Schuljahr wechseln und umziehen wollen meine Eltern ganz bestimmt nicht.

Jetzt kann ich nachfühlen, wie Pestkranke gelebt haben. Schlimmer als mir kann es keinem ergangen sein.

Krissi Kiska: enttäuscht von der Liebe, enttäuscht vom Leben, ein Häufchen Elend, weil sie einfach zu dumm ist, um bis drei zu zählen.

Eins, zwei …

… drei!

Na, das schaffe ich gerade noch.

Jetzt mache ich den tiefsten Seufzer meines Lebens. Er kommt von ganz weit unten, kriecht wie eine fette Riesenraupe durch meine Beine, meinen Bauch, meine Brust und meinen Hals und quält sich eine halbe Ewigkeit lang aus meinem Mund.

BIX

Unser Zimmer, tief in der Nacht

Meine Oma hat in der Küche ein kitschiges Schild hängen. Es besteht aus einer Scheibe, die schräg aus einem Baumstamm geschnitten ist. Eingebrannt steht darauf:

Das ist ja so wahr!

Es ist fast Freitag und diesen Donnerstag werde ich nie vergessen. Er hat mit einer Überraschung begonnen, ist dann zum schlimmsten Tag in meinem Leben geworden und hat jetzt mit einer noch viel, viel größeren Überraschung geendet.

Ich bin glücklich und mein Herz rast wieder einmal. Diesmal aber vor Freude.

Zum Abendessen bin ich nicht gegangen. Bestimmt hätten mich alle Jungen wie ein Kalb mit zwei Köpfen angeglotzt. Nur ein Tuscheln und ich wäre bis an die Zimmerdecke gesprungen. Na ja, das ist vielleicht übertrieben, weil Hochsprung wirklich nicht meine Stärke ist.

Groß und prall wie ein Fußball hat der Kummer in meiner Brust gesteckt. Leider nicht in meinem Bauch, denn ich hatte bohrenden Hunger. Vanessa hat es mir nicht übel genommen, dass ich sie fast in die Hand gebissen hätte. Sie kennt mich, und weil sie doch jetzt mit der Tochter des Schröger-Drachen bekannt ist, hat sie mir aus der Küche ein Tablett mit knusprigen Chickenwings in Honigkruste und Sesam gebracht und dreifachen Schokokuchen mit Vanilleeis. Nachdem ich alles verputzt hatte, ging es mir etwas besser.

Vanessa ist danach zu dem Quiz gegangen. Sie weiß eine Menge und die Klasse hat sie gebraucht. Gerne hätte ich auch mitgemacht, aber dazu habe ich mich noch nicht stark genug gefühlt.

Als sie endlich zurückkam, haben wir noch lange gequatscht. Vor allem über Jungen, mit denen wenigstens ein bisschen etwas anzufangen wäre. Solche Exemplare müsste es doch auch irgendwo auf der Welt geben. Vanessa hat vorgeschlagen, eine Suchexpedition zu veranstalten. Wahrscheinlich aber ist es einfacher, den Yeti zu finden.

Wir wundern uns beide, wo Krissi heute Nacht schläft. Britt hat lauthals verkündet, mit einem „kindischen Weichei" wolle sie nicht länger das Zimmer teilen. Ob Krissi jetzt auf dem Gang liegen muss? Verdient hätte sie es.

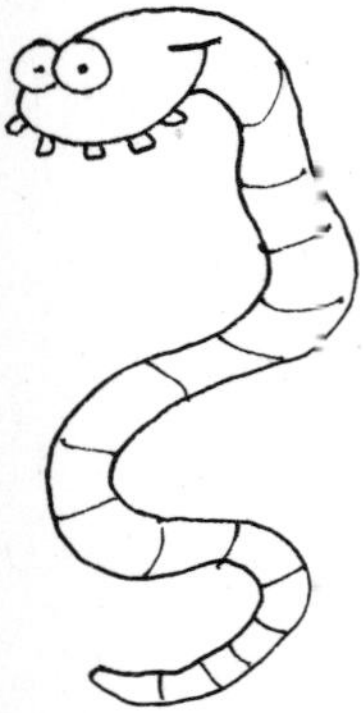

Krissi hat manchmal heftige Anfälle von Spinneritis – diese Krankheit gibt es nicht, die habe ich erfunden. Von Zeit zu Zeit wird Krissi von einem unsichtbaren Tier gebissen: dem Spinnwurm. Dann spinnt sie. Und sie spinnt und spinnt und spinnt. Nach einer Weile – die zwischen drei Stunden und drei Wochen dauern kann – hat sie ausgesponnen und wird wieder normal.

Und da war es plötzlich wieder! Das Geräusch, das ich schon in der Nacht zuvor gehört hatte. Steinchen wurden von unten gegen unsere Scheibe geworfen.

Wer war das?

Vielleicht eine neue Gemeinheit von Niklas, diesem Lackaffen, oder Gregor, diesem Strohkopf mit den Eisaugen?

Vanessa bedeutete mir, im Bett zu bleiben, und ging

entschlossen ans Fenster. Sie kann ein Gesicht aufsetzen, das bestimmt den kaltschnäuzigsten Einbrecher in die Flucht schlägt. Mit dieser Gewittermiene hat sie die Fensterflügel aufgerissen und sich nach draußen gebeugt.

„Du?“, habe ich sie leise rufen hören. Natürlich hat mich jetzt nichts mehr im Bett gehalten. Ich war sofort an ihrer Seite, um zu sehen, wer unten stand.

Es war Emu.

Er muss auch schon in der vergangenen Nacht hier gewesen sein. Diesmal wagte er sich in den Schein der Straßenlampe. Sein Gesicht und seine roten Haare leuchteten im Licht. Wie immer ging sein Kopf ständig vor und zurück und er stand keine Sekunde am selben Fleck. Dann breitete er die Arme aus und öffnete den Mund. Vanessa und ich dachten schon, er würde zu schmettern beginnen, aber stattdessen kam nur ein heiseres Flüstern heraus.

Wenn der Drachen das hörte, gab es bestimmt Ärger. Die alte Schröger schlief doch im Erdgeschoss. Stumm bedeuteten wir ihm mit den Händen, bloß keinen Lärm zu machen, aber Emu war nicht zu bremsen. Er wand sich wie ein Wurm, rang die Hände, verrenkte sich nach allen Seiten und trug eine Art Rap vor. Einen Rap für *mich*!

Emu ist mein heimlicher Verehrer! Er hat mir all die Briefe geschickt.

Emus Stimme klang anders als sonst. Das lag bestimmt am Flüstern. So viel wie in dieser Nacht habe ich Emu überhaupt noch nie reden gehört. Die vergangenen Tage hatte er insgesamt höchstens dreißig Wörter von sich gegeben. Als er mit dem Rap fertig war, hat er sich tief verneigt und aus dem Staub gemacht.

Mir sind Tränen in die Augen geschossen. Einen Rap, nur für mich, unter meinem Fenster, in der Nacht. Das war wirklich romantisch. Wie Julia habe ich mich gefühlt und Emu war mein Romeo. Es gab also doch noch Jungen, die anders waren.

Emu ist nicht wirklich ein Junge, von dem ich jetzt sofort schwärmen würde, aber oft habe ich gelesen, es zählt nicht, wie jemand aussieht, es kommt auf „die inneren Werte“ an. Das Phantom der Oper hatte auch nur ein paar dünne Haare auf dem Kopf, eine hängende Lippe und keine Nase. Doch es hat die Sängerin Christine geliebt und verehrt.

Schade, dass Emu so schnell verschwunden ist. Wir hätten noch eine kleine Party in unserem Zimmer feiern können.

Vanessa hat auf einmal den Finger an die Lippen gelegt und mir signalisiert, still zu sein. Auf Zehenspitzen ist sie zur Tür geschlichen, hat ihr Ohr an das Holz gepresst, sich auf die Knie fallen lassen und unter dem Türspalt durchgeguckt. Vom Gang fiel ein dünner Lichtstreifen herein, in dem sich ein Schatten bewegt hat.

Jemand stand vor unserem Zimmer.

War es Emu?

Oder Frau Kleber? Oder der Schröger-Drache?

Unschlüssig hat Vanessa neben der Tür gewartet; ich habe noch immer am Fenster gestanden. Der Schatten hat sich nur leicht hin und her bewegt. Ein Lehrer war das bestimmt nicht. Die horchen höchstens kurz, ob bei uns Ruhe herrscht. Wer also war dort draußen?

Ohne mich zu fragen, hat Vanessa die Klinke heruntergedrückt und die Tür aufgerissen. Einen Moment blendete mich das Ganglicht. Jemand stolperte in unser Zimmer, eine gebückte Gestalt, die zweifellos gelauscht hatte.

Für Emu war sie zu klein. Mein pochendes Herz schaltete enttäuscht einen Gang runter.

„Ach du!“, hörte ich Vanessa knurren. Ich kenne sie gut. Es musste sich um eine Person handeln, die sie wirklich nicht sehen wollte.

„Hi!“, meldete sich der Stolperer. Es war eine Stolperin und sie hieß Krissi. Reichlich verlegen stand sie da, noch immer halb schief, als wollte sie ihr Ohr gegen die Tür drücken, und winkte mit den Fingerspitzen. „Alles unter Kontrolle?“

„Bei uns schon!“, lautete Vanessas Antwort. „Gute Nacht!“ Sie streckte die Hand aus, um Krissi wieder aus dem Zimmer zu schieben.

„Darf ich bleiben, bitte?“ Krissi bittet fast nie um etwas. Diesmal aber hat sie halb gefleht.

„Nein!“, kam es frostig von Vanessa.

„Ja!“, kam es von mir. Ich schaffe es nicht, auf jemanden böse zu sein. Selbst wenn dieser jemand Krissi heißt.

Vanessa hat ihr den Rücken zugedreht, die Arme vor der Brust verschränkt und aus dem Fenster gestarrt. Krissi schloss die Tür und stand ziemlich verloren da, mit hängenden Schultern und völlig zerknirscht. Mir hat sie richtig leidgetan. Krissi und ich haben schon im Sandkasten miteinander gespielt. An ihre Spinnanfälle werde ich mich nie gewöhnen, aber ich weiß auch, wann ihr etwas wirklich leidtut.

Jetzt war ein solcher Moment.

„Niklas und Gregor sind Schufte!“, begann sie.

„Wissen wir schon länger als du!“, antwortete Vanessa kalt.

„Ich hatte keine Ahnung, was sie mit Bix und Doris vorhatten ...“

Vanessa zuckte mit den Schultern.

„Aber er ist doch süß, der Niklas!“, fuhr Krissi nach einer Pause fort.

Das hätte sie besser nicht sagen sollen. Vanessa wirbelte herum und einen Augenblick fürchtete ich, sie befördert Krissi mit einem Karateschlag oder einem Wurf zu Boden. Sie hat sie jedoch nur an den Schultern gepackt, um sie aus dem Zimmer zu schieben.

„Hört auf!“, habe ich mich eingemischt. Es reichte wirklich. Seit so vielen Jahren sind wir die besten Freundinnen. Nur wegen ein paar nasebohrenden, zahnstochernden Jungen sollten wir uns für immer zerstreiten? Nein, das war nicht einmal der Mister Traummann des Jahrtausends wert. „Mädels, ich denke es reicht jetzt!“

Vanessa hat sich wieder ans Fenster verzogen, Krissi und ich haben uns auf die Bettkante sinken lassen. Weil sie noch immer wie ein Häufchen Elend ausgesehen hat, habe ich sie fest gedrückt. Ich konnte richtig spüren, wie erleichtert sie war.

„Du auch!“, habe ich von Vanessa verlangt. Sie ist nicht so sehr der „Drück-mich-Typ“, sondern hat Krissi zur Versöhnung die Hand hingestreckt. Krissi hat sofort eingeschlagen.

Zu dritt haben wir dann auf meinem Bett gesessen und eine ganze Tüte Gummibärchen gefuttert, die ich als eiserne Reserve in meiner Reisetasche hatte.

Auf einmal hat es an unserer Tür geklopft.

Wie von der Tarantel gestochen ist Krissi aus dem Bett geschossen und in unseren Schrank geschlüpft. Ihre Angst, vom Schröger-Drachen entdeckt zu werden, war groß. Auf einen weiteren Tag Küchendienst hatte sie wirklich keine Lust.

Vanessa und ich haben die Decke bis zum Kinn gezogen und verschlafen gemurmelt: „Wer ist da?“

Die Klinke bewegte sich wie in Zeitlupe nach unten. Millimeter für Millimeter wurde die Tür aufgedrückt.

Den Kopf, der sich in unser Zimmer schob, habe ich nicht erkannt, die Brille aber sofort.

Vanessa

Unser Zimmer, Freitagmorgen

Bix schnarcht. Ich bin nicht sicher, ob mich ihr Schnarchen geweckt hat oder das Brüllen der Vögel. Ich übertreibe nicht: Im Baum vor unserem Fenster zwitschern die Vögel nicht, sie brüllen. Die Scheiben klirren. Beinahe. Unser letzter Tag in Grünwengen. Es wird wieder heiß werden, sowohl draußen als auch hier im Haus. Für die Hitze im Freien sorgt die Sonne, die schon am blitzblauen Himmel steht, und für die Temperaturen hier drin werden wir sorgen.

Bix hat einen Dickschädel, wenn es um Versöhnungen geht. Sie will einfach nicht verkracht sein. Das hält sie nicht aus und deshalb hat sie auch eine große Umarmungsaktion veranstaltet, als Krissi bei uns angekrochen kam. So schnell läuft das bei mir aber nicht. In mir ist noch Restsäure auf Krissi und ihr „Ich-bin-so-reif-und-erwachsen-Theater“.

Um ein Haar hätte ich mich noch einmal mit ihr verkracht. Mitten in der Nacht ist Doris bei uns aufgetaucht, in einem Nachthemd mit Rüschen und gestickten Röschen. Solche Nachthemden trägt nicht einmal meine Großmutter.

Auf jeden Fall war Doris völlig aus dem Häuschen, weil sie vor ihrer Zimmertür einen zerknitterten Zettel und drei halb verwelkte Rosen gefunden hatte. Die arme Doris ist das einzige Mädchen, das allein in einem Zimmer schlafen muss. In ihrer Klasse gibt es nur drei Mädchen und Doris hatte sich keine Hoffnungen gemacht, mit einer der beiden anderen ein Zimmer zu teilen. Sie hält sich für einen Pechvogel und hat sich mit diesem Schicksal abgefunden.

Der Zettel und die Rosen haben sie in größte Aufregung versetzt. Sie war halb eingeschlafen, als jemand von draußen einmal kräftig gegen ihre Tür klopfte. Als danach nichts mehr geschah, hat Doris nachgesehen und die Botschaft gefunden. In großen Buchstaben stand mit Filzstift auf dem Zettel:

Sonst nichts. Für mich hat das ausgesehen, als wollte jemand sein sehr schlechtes Gewissen auf die Schnelle loswerden. Krissi aber hat den Zettel studiert, als wären es ägyptische Hieroglyphen, die den Weg zu einer versteckten Grabkammer beschreiben. Nachdem sie mindestens ein Dutzend Mal geseufzt hatte, erklärte sie uns: „Das ist Niklas' Handschrift, ich erkenne sie."

Auweia! Hörte das denn nie auf? War sie von dieser Dumpfbacke noch immer nicht geheilt?

1. Woher kennt sie Niklas' Handschrift?

2. Wie kann sie diese fünf krakeligen Buchstaben als seine Handschrift erkennen? Das könnte auch Felix im Kindergarten gekritzelt haben.

3. Was gibt es da zu seufzen?

4. Krissi müsste eigentlich sagen: Diesen Quatsch hat bestimmt Niklas, die Pfeife, geschmiert. Los, wir wecken ihn und hauen ihm das Grünzeug um die Ohren.

In Krissis Augen aber hat in Neonschrift wieder nur *Niklas! Niklas! Niklas!* geleuchtet und aus ihren Nasenlöchern und Ohren sind rote Herzchen gesprüht.

„Er hat seinen Fehler eingesehen. Bestimmt war alles nur Gregors Schuld. Er hat Niklas zu diesem gemeinen Streich verführt", setzte Krissi zu einer flammenden Verteidigungsrede für Niklas an.

„In diesem Zimmer ist ein Jungenname, der mit N beginnt und mit S aufhört verboten!", habe ich ihr eingeschärft. „Jede Nennung wird mit Rauswurf bestraft."

Krissi wollte schon den Mund zu einem großen ABER öffnen, doch zum Glück hat sie es gelassen. Ich habe ihr meinen „Kobra-beißt-gleich-zu-Blick“ zugeworfen.

„Aus Leuten wie dem Unaussprechlichen, diesem Gregor und Philipp kann man nicht einmal Wurst machen“, habe ich geknurrt. Weil wir schon so gemütlich beisammensaßen, habe ich von Philipps dunklem Geheimnis berichtet. Doris' Augen hinter den dicken Brillengläsern sind noch größer geworden.

„Ich habe damals gehört, wie er von dem Kampf erzählt hat. Er hat behauptet, dem Mädchen die absolute Niederlage zugefügt zu haben. Die anderen Jungen haben ihn dafür groß gefeiert!“, erzählte sie.

Das machte alles noch klarer: Philipp musste um seine Ehre fürchten. Wenn ich die Wahrheit über den Kampf verbreitete, war er ruiniert. Deshalb also hat er versucht, mich schlechtzumachen. Keiner seiner Klassenkameraden sollte mich noch ernst nehmen.

In Gedanken habe ich Philipp in jeden Arm und jedes Bein einen Knoten geschlagen und seinen Kopf so weit zwischen seinen Beinen nach hinten gebogen, dass er sich ins Hinterteil beißen konnte. Schade, dass so etwas in Wirklichkeit nicht möglich ist.

„Am letzten Abend ist buntes Programm“, bemerkte Doris. „Jeder muss etwas beitragen.“

„Was zum Beispiel?“, erkundigte sich Bix.

„Einen Sketch spielen. Witze erzählen. Einen Tanz vorführen. Einen Trick zeigen“, zählte Doris auf. „Danach gibt es eine Abschiedsparty mit Tanz und so. Nichts für mich.“

Sie lächelte traurig. Mädchen wie Doris kämpfen nicht. Sie denken, für sie gäbe es nichts anderes als abseits zu sitzen.

„Und was wirst du machen?“, fragte Bix ihre neue Freundin.

Doris zuckte mit den Schultern. „Etwas, was ich allein machen kann. Das letzte Mal habe ich den Witz mit dem Skelett erzählt, das seinen Grabstein zum Motorradfahren mitnimmt.“

Krissi legte den Kopf zur Seite und fragte höflich: „Wozu?“

„Es braucht doch einen Ausweis.“

Wir drei saßen da und warteten auf die Pointe. Aber das war sie schon. Nach einer peinlich langen Schweigepause haben wir etwas von uns gegeben, was wie Husten klang, aber Lachen sein sollte.

Doris hockte wie ein Häufchen Elend auf dem Bett und nickte nur traurig. Für sie war es nichts Neues, dass bei ihren Witzen niemand lachte. Sie gähnte heftig und stand auf, um in ihr Zimmer zurückzukehren.

Der UNAUSSPRECHLICHE

„Darf ich bei dir übernachten?“, bat Krissi. Doris freute sich sogar darüber. In mir aber hat wieder das Misstrauen genagt. Wollte Krissi vielleicht näher beim Unaussprechlichen sein?

Nachdem die beiden abgezogen waren, hat Bix noch einmal auf der Suche nach einer Tüte Schokodrops in ihrer Tasche gekramt. Dabei ist sie auf die verbeulte Coladose gestoßen, die wir von Alexa erhalten hatten.

Wir haben einen langen fragenden Blick gewechselt. Es juckte uns beide in den Fingern. Hatte Alexa nicht behauptet, in der Dose stecke ein Geist? Ein Geist wie in Aladins Wunderlampe, der Wünsche erfüllen konnte? Wäre so ein Geist nicht vielleicht genau das, was wir in diesem Moment brauchten?

„Sollen wir?“ Bix hatte eine heisere Stimme, wie vorhin Emu vor dem Fenster.

„Ja!“, piepste ich. Wenn ich wirklich aufgeregt bin, kippt meine Stimme immer.

Wieder starrten wir einander an. Bix reichte mir die Dose, weil sie sich wohl nicht traute. Das Blech fühlte sich warm an, aber auch rostig und rau. Die Dose war leicht und schien leer zu sein. Alexa konnte sich also auch einen Scherz mit uns erlaubt haben. Zogen wir die Metalllasche an der Oberseite, schoss vielleicht ein Fähnchen heraus, auf dem *ÄTSCH!* stand.

Aus! Schluss! Ende! Wir mussten wissen, was Sache ist. Mit dem Zeigefinger habe ich den flachen Metallring angehoben, einen Finger eingefädelt und ihn mit einem energischen Ruck zurückgezogen. Zu hören war ein scharfes Zischen wie bei jeder Coladose. Normalerweise aber steigt immer so eine kleine graue Wolke auf, manchmal spritzt auch Cola in die Höhe. Bei dieser Dose ist gar nichts geschehen. Überhaupt nichts.

Also doch ein mieser Scherz von Alexa.

Wir waren enttäuscht und ich holte aus, um die Dose in den Papierkorb in der Ecke zu befördern.

Da meldete sich eine Stimme. Mich erschreckt wenig, doch in diesem Augenblick hat mein Herz einen Doppelschlag gemacht und ich habe die Dose bis zur Decke hochgeworfen. Beim Aufprall hat sie ein Pling von sich gegeben, um danach fast lautlos auf der Bettdecke zu landen.

„Was gibsn?“, lautete der erste Satz der Stimme aus der Dose. So klingt Bix, wenn man sie aus dem Tiefschlaf reißt. Bei der Landung zwischen uns beschwerte sich die Stimme leiernd: „Was solln das?“

Wir sind nach hinten gewichen. Bix vergaß, wie nahe sie an der Kante saß, und stürzte rücklings aus dem Bett.

Aus der Dose fiel ein bläulicher Lichtschimmer auf

den weißen Stoff der Decke. Milchiger Rauch strömte nun heraus, bildete eine nebelige Pfütze, aus der sich ein Wesen erhob, wie ich es einmal in einem Film gesehen hatte. Nein, nicht in einem Zeichentrickfilm, auch in keinem Märchenfilm, sondern in einem Film über einen Popstar, der vor einer Ewigkeit berühmt war. Ein Typ mit schulterlangen Haaren, einem Tuch um die Stirn, einem Hemd mit riesigen Kitschblumen, jeder Menge klappernder Ketten um den Hals und einer Lederweste.

Der Geist aus der Dose hat genauso ausgesehen. Ich wette, das Wort Haarshampoo hat er noch nie gehört. Seine Haare hingen in dicken, fettigen Strähnen herab. Durch die lilafarbenen Gläser seiner runden Brille musterte er uns verschlafen. Dabei hatte er den Mund weit aufgerissen, um zu gähnen. Sein Körper reichte nur knapp bis zum Gürtel, darunter schwebte eine spitz zulaufende Wolke. Ich schwöre: Beim Gähnen konnte man durch seinen Hals bis in diese Wolke sehen.

„Was läuft denn, Girls?", lautete seine Begrüßung.

Märchen habe ich schon lange nicht mehr gehört, aber an etwas erinnere ich mich sehr gut: Der Flaschengeist musste doch immer etwas sagen wie: „Was wünscht ihr, Meister?" oder „Ihr Wunsch ist mir Befehl, Gebieter!“ Aber bestimmt nicht: „Was läuft denn, Girls?“

Ich habe diese Beschwerde gleich vorgebracht und was antwortet das Wesen: „Wie kann man nur so altmodisch sein, Schwester?“

Ich bin nicht die Schwester dieses schmuddeligen Nebelbergs.

Der Dosengeist hat sich gestreckt, noch heftiger gegähnt und einen Schlafzimmerblick aufgesetzt. Leiernd hat er vorgetragen, was das Öffnen der Dose für uns bedeutete, und ich bin sicher, er hat diese Rede schon viele Male gehalten.

„Da ihr mich aus der Dose befreit habt, könnt ihr drei Wünsche äußern.“

Mir ist sofort der Trick mit den drei weiteren Wünschen eingefallen, die ich mir dreimal wünschen wollte. Leider scheinen auch schon andere vor mir auf diese Idee gekommen zu sein, der Geist hat nämlich gleich hinzugefügt: „Ausgeschlossen sind der Wunsch nach weiteren Wünschen, der Wunsch, Personen für alle Zeiten verschwinden zu lassen, und der Wunsch nach der Verlängerung der Schulferien auf ein Jahr. So, ich höre, was soll ich tun?“

Ungeduldig hat er zwischen Bix und mir hin und her geblickt.

Ja, was sollten wir uns wünschen? Wir waren vom Erscheinen dieses Wesens ziemlich platt und hatten noch keine Gelegenheit gehabt, uns Wünsche zu überlegen.

„Friede, Schwestern! Ruft mich, wenn ihr Klarheit habt!“ Er spreizte Zeige- und Mittelfinger zum Victory-Zeichen und kroch zurück in die Dose. Blechern, wie aus einem Mülleimer, drang seine Stimme heraus: „Dreimal klopfen genügt. Erspart mir bloß das Geschüttle! Meine Nerven sind noch ziemlich flatterig nach den letzten Wünschen, die ich erfüllen musste.“

Das ist doch heiß. Wir können uns dreimal etwas wünschen und der Geist wird es erfüllen. Bix und ich haben sofort eine Liste unserer Wünsche gemacht. Bei Nummer hundertdrei haben wir eine Pause eingelegt und bei Nummer hundertneunundachtzig ist Bix eingeschlafen.

So viele Wünsche und wir müssen uns für drei entscheiden. Wie sollen wir das nur schaffen?

Krissi

Am See, Freitagvormittag

Ich leide.

Ich leide Höllenqualen.

Ich leide unerträgliche Folter.

Die Foltermeisterin heißt Vanessa und war und ist eine meiner besten Freundinnen. Mit Adlerblick wacht sie über mich und am liebsten würde sie mich wohl auf meinem Badetuch festschnüren. Zum Glück habe ich meine große Sonnenbrille mit den dunklen Gläsern dabei. So kann Vanessa wenigstens nicht erkennen, in welche Richtung ich spähe.

Meine Richtung heißt natürlich Niklas. Ich habe wirklich alles versucht: Vor meinem geistigen Auge habe ich ihn mit einem gedachten Zauberstab unsichtbar gemacht. Es hat nicht einmal zehn Sekunden gedauert, dann war er wieder da. Danach habe ich ihn in meiner Fantasie in den tiefsten Kerker gesperrt. Er hat keine Minute gebraucht, um sich zu befreien und wieder vor mich zu treten. Weitere Versuche, Niklas zu vergessen:

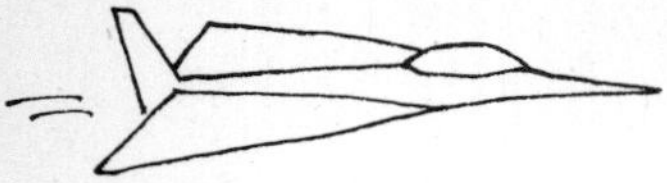

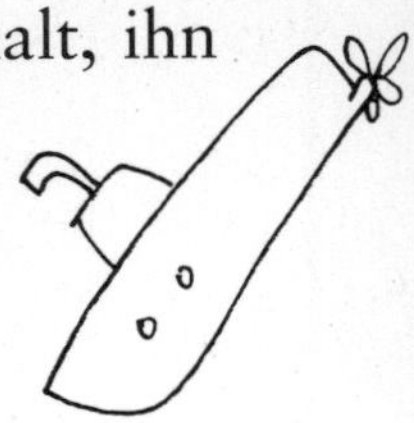

Ich habe mir ausgemalt, ihn in einem Jet wegfliegen zu sehen. In einem U-Boot habe ich ihn zum Meeresgrund geschickt. Vor einer

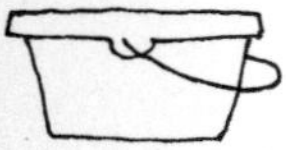

weißen Wand habe ich ihn mit weißer Farbe überschüttet. Sogar zum Mars habe ich ihn geschossen und als Letztes habe

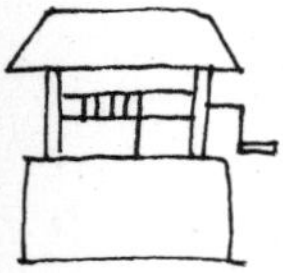

ich ihn in den tiefsten Brunnen der Welt gestoßen.

Nichts hat genützt. Er ist jedes Mal wieder aufgetaucht und hat sich in meinen Tagträumen vor mich hingekniet und um Vergebung gebettelt.

Vanessa kann ich das alles nicht erzählen. Bestimmt würde sie es nicht verstehen. Aber bitte, was soll ich bloß tun?

In Wirklichkeit liegt Niklas zehn Handtücher weiter. Mit Gregor muss er sich verkracht haben, denn der feixt mit Britt am anderen Ende des Seeufers herum. Frau Kleber hat die beiden schon mehrfach ermahnt, in „Sichtweite“ zu bleiben. Traut sie ihnen zu, heimlich hinter einem Busch zu knutschen, oder was? Geküsst hat Gregor Britt jedenfalls noch nicht. Das wüsste sonst schon die ganze Klasse, da Britt es ausrufen würde wie so ein Ausrufer im Mittelalter.

Niklas tut so, als würde er mit dem Gameboy spielen. Mindestens dreimal habe ich ihn bereits dabei ertappt, dass er in meine Richtung gelinst hat. Vielleicht war es auch nur zweimal. Beim dritten Mal könnte er in die Sonne geblinzelt haben.

Ganz sicher tut ihm alles leid. Ganz bestimmt möchte er sich mit mir versöhnen. Wir sind wie die Prinzessin und der Prinz, die nicht zueinander können, weil ein Feuer speiender Drache zwischen ihnen haust. Unser Drache heißt Vanessa.

Bix hat mir von dem Dosengeist erzählt und der kilometerlangen Liste an Wünschen, die Vanessa und sie sich ausgedacht haben. Mich hat sie nicht einmal gefragt, ob ich nicht auch einen Wunsch erfüllt haben möchte. Wahrscheinlich ist das die Strafe.

Dabei habe ich bloß einen einzigen Wunsch. Zurzeit jedenfalls. In Erfüllung wird er wohl nicht gehen. Dabei könnte ich Niklas verzeihen. Er ist ein Junge und auch Jungen dürfen Fehler machen.

Vanessas Kommentar: Ein Junge zu sein ist schon der größte Fehler.

Ich habe mir geschworen, meine Freundinnen nie wieder als unreif zu bezeichnen. Selbst wenn sie es sind!

Um mich abzulenken, gehe ich jetzt schwimmen. Ich werde weit hinausschwimmen, bis das Ufer nur noch als dünner Strich zu sehen ist. Mein Kummer soll dann auch nur noch bindfadendünn sein.

BIX

Am See, Freitagmittag

Ich habe es genau gesehen, aber ich werde es nicht verraten: Krissi und dieser Niklas haben sich draußen im See getroffen. Zuerst ist Krissi ins Wasser gegangen und losgeschwommen. Nur kurze Zeit danach stürzte sich Niklas mit einem Kopfsprung in die Wellen. Er kraulte, bis er auf gleicher Höhe mit Krissi war, hielt aber Abstand zu ihr. Krissi tat zuerst, als würde sie ihn nicht bemerken. Der Abstand zwischen den beiden wurde kleiner und kleiner. Schließlich schwammen sie nebeneinander bis zum anderen Ufer des Sees.

Vanessa hat nichts bemerkt, weil ich sie die ganze Zeit abgelenkt habe. Dazu habe ich mich so vor sie gesetzt, dass ich ihr den Blick zum See verdeckte, und dann haben wir wieder beratschlagt, welche Wünsche uns der Dosengeist erfüllen soll. Keiner unserer Wünsche ist uns wichtig genug. Zum Beispiel hätte ich gern einen neuen Anstrich für mein Zimmer: die Wände blassgelb und die Zimmerdecke grünblau. Das habe ich in einer Zeitschrift im Wartezimmer des Zahnarztes gesehen. Aber wozu sollen wir einen Wunsch dafür aufbrauchen? Bestimmt hilft mir Ben, das Zimmer auszumalen.

Vanessa wollte gern einen neuen Großkäfig für ihre Wellensittiche. Zurzeit leben sie in zwei Käfigen, aber sie möchte sie gemeinsam halten, weil Wellensittiche in freier Natur auch in großen Schwärmen beisammen sind. Den idealen Käfig hat Vanessa schon in einer Zoohandlung gesehen. Doch eine ihrer zahlreichen Tanten würde ihr bestimmt das Geld dafür geben, wenn sie sie darum bittet. Also brauchen wir den Dosengeist auch dafür nicht.

Übrigens ist es wahr, was Doris in der Nacht erzählt hat: Beim Frühstück haben Frau Kleber und Herr Schneeburg verkündet, es werde eine gemeinsame Abschiedsparty geben. Alle müssen für den bunten Abend etwas beitragen, etwas vorführen, vorspielen oder singen, tanzen, was weiß ich. Danach ist Disco und wir dürfen auch die Musik spielen, die wir gerne hören. Viele haben ihre MP3-Player mit. Gefeiert und getanzt wird bis mindestens elf Uhr.

Jamie, unser Englischlehrer, hat heute Morgen wie immer einen halben Liter Orangensaft in sich hineingeschüttet und einen ganzen Stapel Toastscheiben und dazu eine Schüssel Rühreier verdrückt. Britt, die heute den kleinsten Mini trägt, den ich jemals gesehen habe, blieb neben ihm stehen und tippte ihm auf die Schulter. In ihrem Gefolge waren natürlich wieder Tammi und Nina.

„Jamie, tanzt du heute Abend mit mir?“, fragte Britt herausfordernd.

Sie hatte eine Hand kess in die Seite gestemmt und ihm frech in die Augen geschaut.

Was folgte, habe ich Britt echt gegönnt. Jamie hat ihr eine totale Abfuhr erteilt. Zuerst hat er sie von Kopf bis Fuß gemustert und dann festgestellt: „No!“

Britts Gesicht hättet ihr sehen sollen!

Als hätte ihr jemand einen Eimer Eiswasser über den Kopf gekippt.

„Noooo?“, hat sie ungläubig wiederholt.

„No!“, hat Jamie bekräftigt.

„Weil du gar nicht tanzt. Weil du dich für keine von uns entscheiden kannst“, versuchte Britt zu retten, was zu retten war.

„Ich tanze! Doch, doch!“ Jamie streckte die Arme in die Luft, summte und wiegte sich im Takt. „Aber ich bin schon vergeben. Es gibt hier nur ein einziges Mädchen, mit dem ich tanzen werde.“

Britt ist fast in Ohnmacht gefallen. Für sie war es absolut unerklärlich, wieso dieses Mädchen nicht sie war.

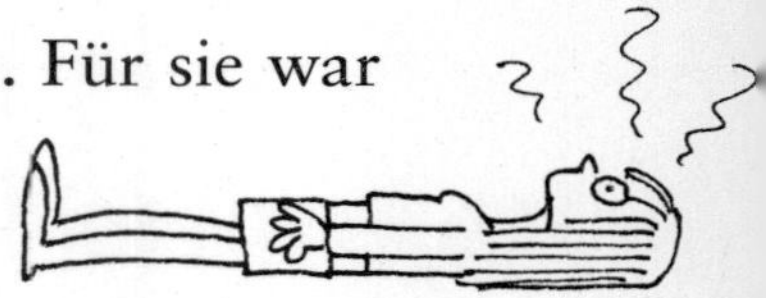

Seither geht das große Rätselraten um, mit wem Jamie tanzen wird. Während der ganzen Woche hat er mit allen möglichen Mädchen gesprochen. Aber wieso will er nur mit einer tanzen?

Vanessa schnalzt ständig mit der Zunge. Das bedeutet, ihr ist etwas eingefallen. Eine Idee, die ihr sehr gut gefällt. Aber ob ich sie auch mag?

Bin gespannt.

Vanessa

Vor unserem großen Auftritt, Freitagabend

Tief durchatmen. Beim Scheitel einatmen, beim Nabel ausatmen, wie ich das in Karate gelernt habe. Mein ganzer Körper wird ruhig und jedes Teilchen schwingt in der gleichen Richtung.

Einatmen. Ausatmen. Einatmen. Ausatmen.

Der Speisesaal ist zum Theater geworden. Die Tische stehen übereinandergestapelt an den Wänden und die Stühle in langen Reihen im Saal. Hinter dem Vorhang gegenüber der Küche befinden sich gar keine Fenster, sondern eine kleine Bühne. Dort finden unsere Auftritte statt. Wir mussten auf Zettel schreiben, was wir zeigen wollen und wer mitmacht. Sie wurden in einen leeren Kochtopf geworfen, durchgemischt und von Frau Kleber gezogen. Herr Schneeburg hat auf einem großen Stück Papier die Reihenfolge der Darbietungen festgehalten.

Bix, Krissi und ich sind als Übernächste dran. Wir nennen uns „Die Hypno-Hexen“ und wenn es klappt, was wir vorhaben, gibt es eine Sensation.

Die Idee ist mir am See gekommen. Bix hat dort wieder einmal Theater gemacht, sich vor mich hingehockt und mir ständig in die Augen gestarrt. Habe ich nur eine Handbreit zur Seite geschaut, hat sie mir schon aufs Knie getippt und das Starren fortgesetzt. Ich kann mich auch täuschen, aber hat sie vielleicht versucht zu verhindern, dass ich auf den See hinausblicke? Falls ja, dann hat es bestimmt mit Krissi zu tun, die mindestens zwei Stunden lang schwimmen war. Sie musste schon Schwimmhäute zwischen den Zehen haben und ihre Haut war sicher aufgequollen und verschrumpelt. Als sie endlich wieder bei uns aufgetaucht ist, war sie ziemlich gut gelaunt.

Bix' endloses Starren hatte aber durchaus auch sein Gutes. So bin ich auf die Idee mit der Hypnose gekommen. Meine große Schwester Susanna hat mir einmal vom Auftritt eines Hypnotiseurs in der Disco erzählt. Er wackelte einem Jungen einfach nur mit einem kleinen Anhänger vor der Nase herum und schon tat sein Opfer alles, was er aufgetragen bekam. Er flatterte mit den Armen, als wäre er ein Vogel, hüpfte wie ein Hase und machte sich steif wie ein Brett. Als ihn der Hypnotiseur wieder aufweckte, erinnerte sich der Junge an gar nichts.

Natürlich sind wir drei keine Hypnotiseusen, aber wozu haben wir unseren Dosengeist? In unserem Zimmer habe ich ihn aus der Dose geklopft und gefragt, ob er uns als Wunsch erfüllen könnte, dass wir drei am Abend Hypno-Kräfte besitzen.

„Schwester, für einen Geist wie mich ist das bloß eine Fingerübung“, hat er gemeint und seine langen Finger ausgeschüttelt. Auf jedem steckte mindestens ein Ring und um den rechten Zeigefinger ringelte sich ein Schlangen-Tattoo. „Ist das dein Wunsch, dann sag ihn laut! Das ist nötig, sonst darf ich ihn nicht erfüllen.“

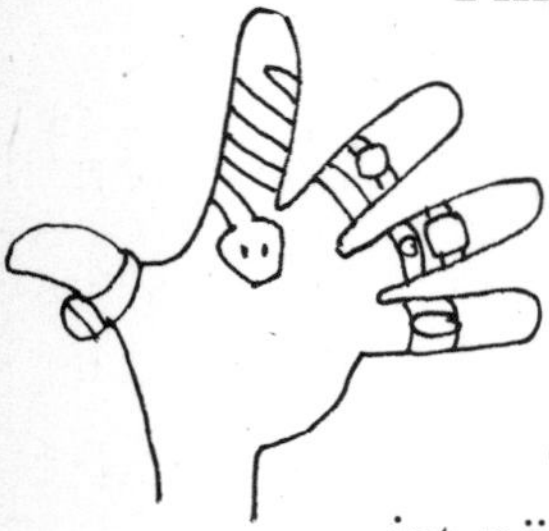

Ohne mich mit Bix und Krissi abzusprechen, habe ich es mir gewünscht. Bix hat immer hundert Wenn und Aber und Krissi macht sich bestimmt Sorgen um ihren Niklas, mit dem ich natürlich ganz besonders böse Dinge vorhabe. Jetzt, da der Wunsch ausgesprochen und bereits gewährt wurde, gab es kein Zurück mehr.

Das Erfüllen eines Wunsches hätte ich mir bei einem solchen Geist allerdings etwas beeindruckender vorgestellt. Nachdem ich meinen Satz ausgesprochen hatte, klatschte er lässig in die Hände, zuckte mit der linken Augenbraue und verkündete hoheitsvoll: „Ist im grünen Bereich, Schwester!“ Danach war er schon wieder erschöpft und wollte in seine Dose zurück.

Am Nachmittag gaben uns die Lehrer Zeit, unsere Auftritte vorzubereiten. In unserem Zimmer habe ich Krissi und Bix von meinem Plan erzählt und es kam, wie ich es mir gedacht hatte.

„Aber Hypnose kann gefährlich sein. Manchmal erwachen Leute nicht mehr daraus!“

„Mit welchen Jungen willst du das genau machen? Mit Gregor und Philipp? Zwei sind aber genug! Du brauchst kein drittes Opfer.“

Ratet mal, wer was gesagt hat! Zu gewinnen gibt es einen leeren Blumentopf.

„Spart euch das alles. Ist schon geschehen, heute Abend sind wir die Hypno-Hexen!“, habe ich verkündet. Den beiden ist die Spucke weggeblieben.

Krissi hat mindestens hundertmal versucht, uns zu überzeugen, dass ein ganz bestimmter Junge, dessen Namen sie nicht mehr aussprechen durfte, nicht hypnotisiert werden sollte. Sie hat sogar behauptet, in seiner Familie gäbe es eine Allergie auf Hypnose. Bix kann sie damit vielleicht beeindrucken, mich aber nicht. Niklas kommt an die Reihe, so wahr ich Vanessa Reininghaus heiße. Strafe muss sein.

Auf der Bühne steht gerade Emu. Nicht zu fassen, was er zeigt! Er kann mit den Ohren wackeln. Richtig wackeln. Er sieht fast aus wie Dumbo, der fliegende Elefant. Bix applaudiert besonders laut. Ich habe noch nicht ganz durchschaut, ob sie die Briefe und seinen Rap nur für „super romantisch“ hält oder ob da mehr ist.

Anmerkung: Crazy-Klaus ist sehr seltsam. Er hat den ganzen Tag keinen einzigen irren Lacher von sich gegeben und dicke Falten auf der Stirn. Bix und Emu haben heute am See eine ganze Weile zusammengehockt und gelacht. Geredet hat nur Bix, aber Emu hat begeistert zugehört. Crazy-Klaus hat das nicht sehr gefallen. Kann mir den Grund nicht erklären.

Noch ein Auftritt vor uns, dann kommen die

Hypno-Hexen!

BIX

Vor unserem Auftritt, Freitagabend

Vanessa wird es bestimmt herausfinden und sie wird mir Löcher in den Bauch fragen. Sie kann da richtig hartnäckig sein. Ein Bohrturm ist nichts gegen sie. Vielleicht schaffe ich es und verrate nichts. Der Dosengeist wird auf jeden Fall dichthalten. Das hat er mir versprochen. Allerdings weiß ich nicht, was von den Versprechen eines Geistes zu halten ist, der einen Metallgeier im Sturzflug an einer Kette um den Hals trägt und uns Schwester nennt.

Es ging nicht anders. Ich konnte Krissis Leiden nicht länger mit ansehen. Vanessa hätte Niklas bestimmt etwas Fürchterliches angetan. Ich weiß es, ich kenne sie. Für Krissi wäre das ein halber Weltuntergang gewesen, weil sie doch völlig verschossen in ihn ist. Aus diesem Grund habe ich unseren zweiten Wunsch für Niklas verwendet.

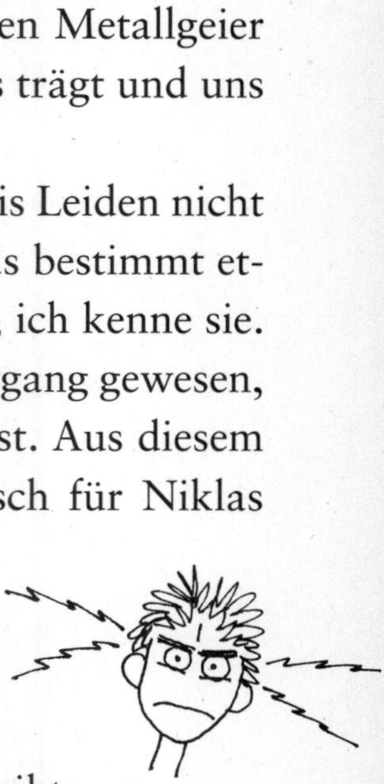

Wenn Vanessa es erfährt, bekomme ich bestimmt ihren „Kobra-Biss-Blick" zu spüren. Sie wird eine Woche nicht mit mir sprechen. Eine kleine Hoffnung bleibt:

Manchmal vergisst sie auch Sachen. Vielleicht vergisst sie, dass wir noch zwei Wünsche frei hatten.

Was ich mir für Niklas gewünscht habe? Darüber habe ich wirklich lange nachgedacht und entschieden habe ich mich für einen Wunsch, der Vanessa sogar gefallen hätte und Niklas gleichzeitig vor ihrer Rache bewahren würde.

Geheimbotschaft Nr. 7, vorne im Umschlag

Ja, richtig gelesen. Das habe ich mir gewünscht. Wie ich sehen kann, ist der Wunsch auch in Erfüllung gegangen. Niklas hat schon dreimal den Saal verlassen. Herr Schneeburg hat sich bei ihm nach dem Grund erkundigt und ein besorgtes Gesicht gemacht, als Niklas ihn genannt hat.

Da! Niklas rennt wieder. Wenn wir unsere Hypno-Hexenshow zeigen, wird er auf einem ganz besonderen Thron hocken. Ich meine, das ist doch Strafe genug und Krissi erspart es großen Kummer.

Es gibt etwas anderes, was mich ganz unruhig macht. Es ist Emu. Ich habe ein schlechtes Gewissen, weil er mir doch all diese süßen Briefchen geschickt und den Rap vorgetragen hat. Er ist wirklich nett, aber leider so still. Ich dachte, ich müsste mich am See wenigstens ein bisschen zu ihm setzen, und habe es auch getan. Damit ich nicht wieder nur rumhocke und schweige wie in der

Eisdiele, habe ich Emu alles erzählt, was mir nur eingefallen ist. Sogar von Felix habe ich ihm berichtet und dass er einmal versucht hat, eine Kerze auszufurzen. Ich dachte, Emu interessiert so etwas, weil er doch so wissenschaftlich ist.

Ganz ehrlich: Ich glaube, ich habe ihn entsetzlich gelangweilt. Er hat gewirkt, als wollte er am liebsten die Flucht ergreifen. Gehindert hat ihn wohl Crazy-Klaus, der um ihn herumgeschlichen ist und finster geguckt hat.

Worüber soll ich mit Jungen reden? Bei Crazy-Klaus im Bus war es einfacher. Der hat auch viel gequatscht und wir haben viel gelacht. Einfach so. Über gar nichts Bestimmtes.

Jamie winkt uns auf die Bühne. Toi, toi, toi!

Krissi

Nach unserem Auftritt

Habe Bauchschmerzen. Aber nicht vom Essen wie Niklas. Den Armen hat es schlimm erwischt. Er hat die vergangenen Stunden nur auf der Toilette verbracht und von unserer Show nichts mitbekommen.

Ich gestehe: Bin sehr froh darüber. Er sollte nicht hypnotisiert werden. Er hat es nicht verdient. Höchstens ein kleines bisschen, aber das kann ich ihm wirklich verzeihen.

Wir sind heute Vormittag wieder zum anderen Ufer geschwommen. Als er mir nachgekommen ist, habe ich ihn zuerst gar nicht beachtet. Niklas ist aber näher geschwommen und diese eine Locke hat ihm wieder in die Stirn gehangen. Dazu seine Augen, die mich an Amadeus erinnert haben, wenn er einen Kauknochen erbettelt. Es hat nur noch das Winseln gefehlt.

„Kann ich dir was sagen?“, hat er leise gefleht.

Am liebsten wäre ich zu ihm geschwommen und hätte „Ja, ja, ja!“ gerufen, aber eine innere Stimme hat mich abgehalten. Ich blieb auf Abstand. Niklas war ziemlich beunruhigt, das konnte ich spüren.

„Lass dir was erklären.“

Noch immer habe ich nur geradeaus geblickt.

„Du hast geflunkert wegen der Magic Cards“, hat er mich erinnert.

Ein Punkt an Niklas, aber das war schon lange her und nicht halb so schlimm wie das, was er Bix und Doris angetan hatte.

„Gregor ist gar nicht mein Freund“, kam es prustend von ihm. Er musste wirklich sehr schnell geschwommen sein, um mich einzuholen. Weil er so heftig keuchte, kam ihm ständig Wasser in den Mund und er musste husten. Deshalb hatte ich auch Mitleid mit ihm.

„Wir reden am Ufer“, habe ich angeboten.

Am Grund des Sees liegt jetzt ein Fels. Das ist der Stein, der Niklas vom Herzen gefallen ist. Während wir uns schließlich in der Sonne aufgewärmt haben, hat mir Niklas einiges erklärt.

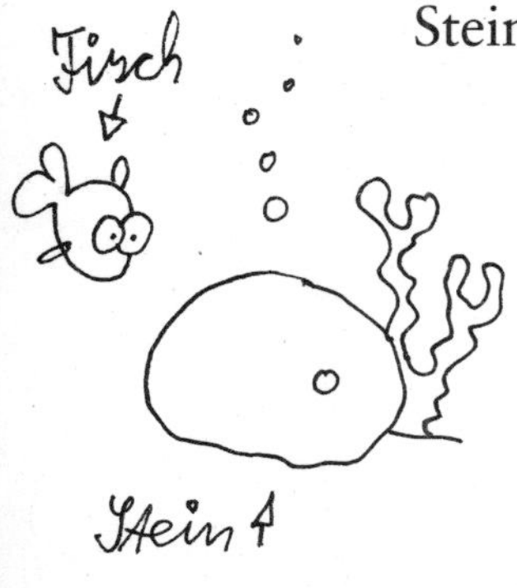

Gregor und er hängen viel miteinander herum. Sie waren einmal echte Freunde gewesen, aber das sind sie jetzt nicht mehr. Vor zwei Jahren war Niklas bei Gregor zu Besuch. Gregors Eltern waren nicht daheim. Die Jungen alberten herum und setzten sich in der Garage in das Auto von Gregors Vater. Die Schlüssel steckten im Zündschloss und Niklas wollte hören, wie der Motor des Wagens klingt. Es muss irgendein superteurer Schlitten sein, bei dem der Motor schnurren soll. Gregor hat den Zündschlüssel gedreht, Niklas saß auf dem Fahrersitz. Der Wagen sprang an und machte einen Ruck nach vorne. Die Stoßstange knallte gegen ein Paar Ski, die an der Wand lehnten, und bekam eine Delle ab. Gregor regte sich ziemlich auf und meinte, sein Vater würde unheimlich Stunk machen. Er wird fuchsteufelswild, wenn sich jemand an seinem Auto zu schaffen macht. Die Jungen stellten die Ski zur Seite und schoben den Wagen zurück. Sie taten so, als wäre nichts geschehen. Gregor hat am nächsten Tag in der Schule erzählt, sein Vater hätte den Schaden entdeckt, denkt aber, es sei ihm jemand beim Ausparken aufgefahren.

Seither erpresst Gregor Niklas. Will er irgendwo nicht mitmachen, droht Gregor ihm gleich damit, seinem Vater die Wahrheit über die kaputte Stoßstange zu sagen. Deshalb musste Niklas auch bei dieser hirnrissigen Aktion mit Bix und Doris mitmachen. Gregor sucht sich immer die Mädchen aus, die ihm am doofsten erscheinen, und tut dann so, als wäre er ganz begeistert von ihnen. Er lässt sie dummes Zeug machen, wie den Ruf der Seekuh, und redet ihnen Blödsinn ein, wie das mit den Metallstreifen in den Höschen-Etiketten. Und manche gehen ihm dabei auf den Leim.

Mein Mund hat sich geöffnet und etwas gesagt, was mir im nächsten Augenblick leidtat. Ich sagte: „Klingt so, als wäre es wahr. Trotzdem ist es feige von dir."

Jetzt war es aus. Niklas würde aufspringen und sofort wegschwimmen.

Hat er aber nicht getan. Er ist sitzen geblieben und hat traurig genickt. Mit seinen Dackelaugen hat er mich von der Seite angeguckt. „Hast Recht. Ich lasse mir das auch nicht mehr gefallen. Ist schon so lange her. Gestern hat es mir ohnehin gereicht. Weil du so sauer geworden bist. Du bist das erste Mädchen, das wütend war. Die anderen haben alle gelacht. Wie Britt."

Was lernen wir daraus? Auch Traumjungen haben oft ziemliche Macken. Wir Mädchen sind einfach viel stärker.

Ich konnte ihm nicht länger böse sein. Vielleicht fand ich Niklas nicht mehr ganz so süß, aber es reichte trotzdem für ein gutes Gut. Das war doch immerhin etwas.

Ich musste ihm natürlich sagen, wie Vanessa über ihn denkt und dass wir uns besser nicht gemeinsam von ihr erwischen lassen sollten. Er hat das Gesicht verzogen und gefragt, ob sie meine Gouvernante sei.

Nein, schlimmer, eine meiner besten Freundinnen, habe ich geantwortet.

Hoffentlich ist es später beim Tanzen schummrig. Niklas und ich haben uns verabredet. Das heißt, falls er bis dahin die Toilette verlassen kann.

Jetzt aber zu meinen Bauchschmerzen. Der Grund ist das Lachen. Unser Auftritt war bestimmt das Beste, was dieses Landschulheim jemals gesehen hat. Muss ich mehr sagen? Sogar der Schröger-Drachen hat gelacht, bis ihm die Tränen über die Wangen gelaufen sind.

Frau Kleber hat die Moderatorin gespielt und jeden Auftritt angekündigt.

„Als Nächstes sehen wir die Hypno-Hexen“, hat sie von ihrem Zettel abgelesen. „Die Bezeichnung Hexen trifft auf Vanessa, Bix und Krissi durchaus zu. Denn manchmal traue ich ihnen Zauberkräfte zu, aber was Hypno-Hexen sind, das müssen sie uns jetzt schon selbst erklären.“

Wir standen auf der Seite der Bühne und ich wette, jede von uns hatte ein wenig Bauchschmerzen, weiche Knie oder Herzflattern. Vanessa wahrscheinlich am wenigsten. Sie schafft es immer, ruhig zu bleiben. Bix aber ging es sicher nicht besser als mir.

Das Publikum hat nur wenig geklatscht, als wir zu Frau Kleber traten. Britt hat sogar gebuht und dafür einen Rüffel von unserer Lehrerin bekommen.

Unser Wahnsinnsauftritt Teil 1

Gregor hat gerufen: „Wo habt ihr denn eure Besen gelassen?“

Ich konnte es genau spüren: Bix hätte am liebsten kehrtgemacht. Vanessa aber ist hinter ihr und mir gegangen und hat uns den Rückweg abgeschnitten.

„Was hat das Hypno zu bedeuten?“, erkundigte sich Frau Kleber bei uns.

„Wir werden jetzt ein paar Leute aus dem Saal hypnotisieren!“, erklärte Vanessa.

Ein Kichern war zu hören, Britt hat laut und gekünstelt aufgelacht und Gregor geprustet. Frau Kleber hat das gleiche Gesicht gemacht wie bei einer Prüfung, wenn die Antwort völlig daneben liegt.

„Nimm mich, nimm mich!“, hat Gregor gerufen und die Hand in die Höhe gestreckt.

„Gerne!“ Vanessa hat ihn zur Bühne gewunken. Feixend hat er sich aus der Reihe gezwängt, in der er mit den anderen Jungen saß. Außer Niklas, der hockte eine Reihe weiter hinten. Bix und ich standen herum wie Helferinnen. Wir hatten keine Ahnung, ob unsere Hypnosekräfte wirklich funktionieren. Zum Ausprobieren war keine Gelegenheit gewesen. Vanessa hatte sich die Kräfte erst für den Abend gewünscht.

Gregor ist sportlich auf die Bühne gesprungen und hat sich breit grinsend neben Vanessa gestellt.

„Leg los!“, hat er sie aufgefordert. Dabei ist er von einem Bein auf das andere gestiegen und hat die Arme schlenkern lassen.

Vanessa hat gezögert und Bix und mir ist das Herz in den Hals gesprungen. Wie sollten wir das überhaupt machen, das Hypnotisieren?

Frau Kleber saß nun wieder in der ersten Reihe. Hinter ihr wurde viel geflüstert. Ich schnappte Wortfetzen wie „schaffen die nie“ und „Angeberinnen“ auf.

Mit dem linken ausgelatschten Sportschuh kratzte sich Gregor die rechte Wade. Die Hände steckten tief in den Hintertaschen seiner Jeans, die auf Halbmast hing. Er schnitt dem Publikum Grimassen und hatte die Lacher auf seiner Seite.

Ohne Vorwarnung hob Vanessa die Hand und schnippte mit den Fingern genau vor seiner Nase. Die Wirkung war fantastisch. Augenblicklich hörte Gregor mit dem Gewackel auf, stand kerzengerade da, die Hände an der Hosennaht, die Augen weit aufgerissen. Sein Blick ging ins Leere. Selbst Vanessa war überrascht.

Nachdem sie trocken geschluckt hatte, befahl sie ihm: „Du bist ein Dackel und ich führe dich an einer unsichtbaren Leine." Sie tat so, als würde sie eine Leine in die Hand nehmen, und machte einige Schritte nach hinten.

Im Saal verstummte das Kichern und Tuscheln. Bestimmt hätte man jetzt sogar eine Feder fallen gehört.

Den Hals nach vorn gestreckt, als würde er von seinem Frauchen gezogen, stolperte Gregor auf Vanessa zu. Sie führte ihn an der unsichtbaren Leine auf der Bühne im Kreis herum und ließ ihn vorne an der

Unser Wahnsinnsauftritt Teil 2

Rampe „Sitz“ machen, dann „Platz“ und anschließend „Männchen“. Gregor musste hecheln und zum Abschluss durfte er sich auf den Rücken rollen und Vanessa kraulte ihm mit der Schuhspitze den Bauch. Bevor er an seinen Platz zurückkehren durfte, musste er noch vorführen, welche Geräusche ein Stinktier von sich gibt.

Gregor spitzte die Lippen und zischte zwischen den Zähnen: „Fffft! Fffft!“

Nachdem Vanessa erneut mit den Fingern geschnippt hatte, war er wieder wach, nahm sofort die schlaksige Pose ein und sagte herausfordernd: „Na und? Wann geht’s los? Morgen fahren wir heim.“

Ein Lachsturm war die Folge. Diesmal aber hatten wir die Lacher auf unserer Seite. Ein paar Witzbolde haben Gregor zugerufen: „Na, wie macht das Stinktier?“, und als Antwort gleich das „Fffft! Fffft!“ folgen lassen. Er hat einen knallroten Kopf bekommen, aber nicht verstanden, um was es ging. Vanessa hat ihn sanft von der Bühne geschubst und aufgefordert, sich wieder zu setzen.

„Wer ist der Nächste?“, hat sie in die Runde gefragt. Viele Jungenköpfe tauchten ab, als wäre ihnen etwas zu Boden gefallen, was sie dringend suchen mussten. „Auf die Bühne darf jetzt Philipp kommen!“, verkündete Vanessa.

Aber Philipp war nicht zu sehen. Der Feigling kroch unter den Stuhlreihen durch zum Ausgang. Hat ihm aber nichts genutzt. Ein Fingerschnippen hat genügt und er ist aufgestanden und wie ferngesteuert zur Bühne gekommen. Mit einer einladenden Handbewegung hat ihn Vanessa uns überlassen.

Wir waren wirklich freundlich zu ihm. Bix hat ihm befohlen, ein Baby zu spielen, Daumen zu lutschen und sich aufs Töpfchen zu setzen. Ich habe von ihm verlangt, Vanessa eine Liebeserklärung zu machen, wie die Männer es vor hundert Jahren getan haben. Er musste ein Knie beugen und „Meine Angebetete! Meine Herzallerliebste! Mein Augenstern!" hauchen. Zuerst hat mir Vanessa einen wütenden Blick zugeschleudert, als dann aber alle im Saal gekichert haben, hat es ihr auch gefallen.

Philipp, dieser jämmerliche Lappen, hat doch tatsächlich begonnen, Vanessa „Honigtropfen", „Rosenblüte" und „Elfenkönigin" zu nennen und zu winseln, sie möge ihn doch bitte, bitte ihren „Elfenkönig" sein lassen.

Die anderen haben gebrüllt vor Lachen.

Als wir ihn wieder geweckt haben, gab es noch immer Gelächter und Philipp hätte sich bestimmt am liebsten in einem Mauseloch verkrochen.

Mutig geworden haben wir uns gleich alle Jungen vorgenommen. Natürlich hätte ich Niklas gerne ausgelassen, aber das wäre zu sehr aufgefallen, und in der großen Menge ging er irgendwie unter.

„Alle Jungen stehen auf!“, hat Vanessa kommandiert. Schnipp, und sie standen auf den Beinen.

„Alle Jungen grunzen wie die Schweine!“, lautete Bix’ Befehl.

Und sie haben es wirklich getan. Für mich mussten sie dann auch noch *We are the champions* grunzen, begleitet von dem lauten Grölen der Mädchen.

Mit einem letzten Fingerschnippen haben wir sie dann erlöst. Im Saal haben die Mädchen geklatscht und getrampelt. Britt bestimmt am wenigsten, aber das kümmerte mich nicht.

Frau Kleber ist auf die Bühne gestürzt und hat heftig applaudiert und ständig „Großartig! Bravo! Eine Sensation!“ gerufen. Verstohlen hat sie mir ins Ohr geraunt: „Diesen Trick müsst ihr mir unbedingt beibringen.“

Noch jemand kam, um uns zu gratulieren: der Schröger-Drache. Sie hat uns an ihren mächtigen Busen gequetscht und „Prachtmädchen!“ gebrüllt.

Es hat lange gedauert, bis wieder Ruhe im Publikum eingekehrt war. Nach uns wurden noch Witze erzählt und ein Sketch über drei Affen im Zoo gespielt. Wir bekamen davon wenig mit. Von allen Seiten wurden wir bestürmt, doch zu verraten, wie wir die Jungs hypnotisiert hatten. Das wollten natürlich die Mädchen wissen. Die Jungen aber hielten Abstand. Die hatten gehörig Muffensausen.

Als ich mich umdrehte, fing ich Niklas' Blick auf. Er hat mir zugezwinkert. Hoffentlich dauert es nicht mehr lange bis zur Disco.

VANESSA

Disco, Freitagabend

Die Disco ist in der Halle des Landschulheims eingerichtet. Lizz hat einiges auffahren lassen. Sogar eine Spiegelkugel und bunte Lichter, die im Rhythmus blinken. Eine Nebelmaschine gibt es auch und sie hat mir verraten, zum Abschluss werde Schaum erzeugt, in dem wir uns alle austoben könnten.

Ich stehe am Eingang der Disco und bin ziemlich durcheinander. Das gebe ich nicht gerne zu, denn ich möchte immer ruhig bleiben. Doch im Moment gelingt es mir nicht. Der Grund dafür heißt Crazy-Klaus. Und Emu. Nein, eigentlich mehr Crazy-Klaus. Oder doch Emu?

Die Letzte des Bühnenprogramms war Doris. Für sie war es ganz klar, dass es gar nicht anders sein konnte. Doris hat immer Pech. Und leider kennt sie auch keinen anderen Witz als diese jämmerliche Geschichte mit dem Skelett.

Die Jungen haben nur deshalb stillgehalten, weil ich ihnen einen warnenden Blick zuwarf. Dafür aber haben Britt und ihre Anhängerinnen bewiesen, wie gemein sie sein können. Sie haben Doris laut ausgebuht, sodass sie von der Bühne geflüchtet ist.

Herr Schneeburg hat dann versucht, für Ruhe zu sorgen. „Wir sind jetzt alle wieder still und wir applaudieren für unsere Mitschülerin Doris!" Warum verstehen Lehrer nicht, dass sie es damit nur schlimmer machen? Doris war jetzt für alle Zeiten unten durch.

In der Halle legte die Musik los und alle sind aufgesprungen, um nachsehen zu gehen. Bald drängten sich beide Klassen an den Wänden entlang und starrten auf die leere Fläche in der Mitte, wo die bunten Lichter die Einzigen waren, die getanzt haben. Niemand hat sich getraut, als Erster auf die Tanzfläche zu gehen.

Es war peinlich. Es wurde nur verstohlen geknufft und jeder wollte, dass die anderen anfangen.

Einer hat sich schließlich gefunden: Jamie. Krissi hat seine Klamotten an diesem Abend als „Voll der Hammer" bezeichnet und ich muss ihr Recht geben. Zu Jeans mit breiten Rissen über dem Knie und unter der Pobacke trug er ein knallrotes T-Shirt mit der Aufschrift *Save me*. Seine Haare hatte er mit viel Gel zu einer coolen Strubbelfrisur gestylt. Frau Kleber hat sein Outfit ohne Zweifel nicht gefallen, aber sie konnte es ihm nicht sagen. Dafür war die Musik zu laut.

So ist Jamie also ganz allein auf die Tanzfläche getreten, hat die Arme in die Luft geworfen und zu tanzen begonnen, wie ich es bisher nur in Musikvideos gese-

cooles Outfit!

hen habe. Die Zuschauer um ihn herum schienen ihn nicht das kleinste bisschen zu kümmern. Sein Körper stand unter Strom und jede Bewegung passte genau zum Rhythmus der Musik.

Jemand begann im Takt zu klatschen und immer mehr fielen ein. Wir feuerten Jamie an, der über die Tanzfläche fegte und immer wilder und ausgelassener tobte.

Als das Lied zu Ende war, entstand eine Pause. Aber nur eine halbe Sekunde. Lauter Jubel brach los und Jamie verneigte sich nach allen Seiten. Dann aber bedeutete er uns, still zu sein.

Gespannt verstummten alle und warteten, was jetzt kam.

„Wer ist meine Dancing-Queen?“, fragte er in die Runde.

Britt zuckte leicht zusammen.

Jamies Blick wanderte im Kreis, streifte auch mich, blieb aber nicht hängen, worüber ich sehr froh war. Zugegangen ist er schließlich auf …

… Doris!

Doris dachte natürlich nicht, dass sie gemeint war. Sie drehte sich um und blickte hinter sich, weil sie dort Jamies Dancing-Queen vermutete. Sie sah aber nur die Wand. Jamie fasste nach ihrer Hand und zog sie mit sich in die zuckenden Lichtkreise.

Von Britt kam ein gekreischtes: „Soll das ein Witz sein?"

„Jetzt gibt's was zu lachen!", hörte ich einen Jungen neben mir sagen. Leider waren die Hypnokräfte bereits erloschen und neue konnte ich mir nicht wünschen. Bix hütete die Dose samt Geist.

Was Jamie vorhatte, verstand ich auch nicht. Wollte er Doris bloßstellen? Das wäre wirklich das Gemeinste gewesen. Doris hat versucht, sich von seinem Griff zu befreien, aber er ließ nicht locker.

Die Musik donnerte los.

Wir alle starrten auf Jamie, der sich nach hinten gebogen hatte und mit dem freien Arm eine weit ausholende Bewegung machte. Wie ein verschrecktes Entchen stand Doris vor ihm.

Jamie federte hoch, versetzte ihr einen leichten Schubs und ließ sie vor sich kreiseln. Beeindruckend sah es nicht aus. Er packte sie an beiden Händen und wollte sie dazu bringen, auf ihn zuzukommen und wieder zurückzutreten, wie beim Rock 'n' Roll. Doris aber schwankte wie ein Holzscheit.

Ihre Haare hatte sie zu einem komischen Knoten

hochgesteckt. Zuerst dachte ich, etwas jucke sie darunter, als sie den Finger in den Knoten bohrte. Dann aber fiel ihr Haar auf einmal wie ein glänzender Schwall auf ihre Schultern herab und sie schüttelte es aus. Das war eine Bewegung, die ich Doris nie und nimmer zugetraut hätte.

Mir wurde klar, was Jamie wollte. Er versuchte, aus dem Mauerblümchen Doris ein Mädchen zu machen, das die anderen nicht länger belächelten. Aber wie sollte das klappen? Doris hatte doch nie den Mut, so zu tanzen wie wir. Sie konnte es bestimmt gar nicht, weil sie es noch nie ausprobiert hatte.

Wie sehr ich mich irrte! Kaum waren die Haare befreit, lernten wir eine Doris kennen, die sogar Britt Bauklötze staunen ließ. Zuerst wirbelte Doris wie ein Kreisel über die Tanzfläche und um Jamie herum. Ich glaube, er war selbst völlig überrascht. Als sie endlich zum Stillstand kam, begann sie zu rocken und ließ Jamie daneben wie einen Anfänger aussehen. Ihr Körper verbog sich wie bei einem Schlangenmädchen im Zirkus, sie sprang an seinen Schultern hoch und machte dort einen Handstand, ihr Kopf und ihre Haare waren eine einzige wilde Welle.

Noch nie in meinem ganzen Leben hatte ich jemanden so sensationell tanzen gesehen. Jamie blieb einfach stehen und klatschte den Takt. Er war selbst total perplex. Am Ende des Songs musste er Doris auffangen,

Doris als Schlangenmädchen
– Gut, dass wir auf der Party so
viele Fotos gemacht haben –

weil sie sonst umgefallen wäre. Ihre Augen waren groß und ungläubig. Oder täuschte ich mich da?

Wieso hatte sie uns nie verraten, dass sie so gut tanzen kann? Hatte Jamie es gewusst?

Einer meiner Spitznamen lautet Grübel, weil ich so viel nachdenke. Dazu blieb mir an diesem Abend keine Zeit. Crazy-Klaus stand auf einmal neben mir, fasste mich am Handgelenk und zog mich aus der Halle in den Flur, der zum Speisesaal führte.

„Ich halte es nicht aus“, jammerte er mit schmerzverzerrtem Gesicht. „Sie denkt, es sei Emu. Aber ich bin es. Ich bin verrückt nach ihr. Emu mag vielmehr dich.“

Wie bitte?

Was?

Langsam!

EMU??!!

Ohne eine Frage stellen zu müssen, erhielt ich alle Antworten: Die Briefe an Bix kamen von Crazy-Klaus. Im Bus war es geschehen. Dort hatte er festgestellt, dass Bix für ihn die Traumfrau war. So hat er sie jedenfalls bezeichnet. Allerdings dachte er, sie wolle nichts von ihm wissen, weil er doch so schrill und anders war. Deshalb hat er auch Emu den Rap vorführen lassen. Dabei war es gar nicht Emu. Der hat nur stumm den Mund bewegt. Hinter dem Stamm der alten Kastanie hatte Crazy-Klaus gestanden und für ihn gesprochen. Das also war der Grund, warum Emus Stimme so seltsam geklungen hatte.

Damit aber nicht genug. Emu fand mich „beeindruckend". Wieder der Originalausdruck von Klaus. Endlich eine Frau mit Hirn, hatte er seinem Freund anvertraut.

Das war mir etwas zu viel.

BIX

Toilette, Landschulheim, schon sehr spät

Woran werde ich mich besonders erinnern? An die Toiletten, auf denen ich mich versteckt habe.

Das heißt, ich verstecke mich jetzt nicht. Ich brauche nur eine kurze Pause. Kann einfach nicht fassen, was geschehen ist.

Die gute Nachricht: Doris wird bestimmt nicht mehr verspottet werden. Die anderen aus ihrer Klasse haben jetzt noch vor Staunen den Mund offen. Wir drei, Vanessa, Krissi und ich, wir haben dafür keinen Wunsch mehr frei.

Ich war's. Ich habe mir vom Dosengeist gewünscht, dass Doris zur Dancing-Queen wird, wie Jamie sie genannt hat. Und ich habe mir gewünscht, sie soll es auch bleiben.

Noch kann sie es selbst nicht fassen, aber Doris kann man zum Glück vieles einreden. Ich habe behauptet, es gäbe oft versteckte Talente, die auf einmal erwachten. Sie glaubt es und ich wette, sie wird sich nicht mehr so leicht von allen anderen heruntermachen lassen. Wer weiß, was noch alles in ihr steckt. Für einen Pechvogel ohne das kleinste bisschen Glück hält sie sich jetzt nicht mehr.

Nach Jamie und ihr haben dann auch andere zu tanzen begonnen. Britt und Gregor waren dabei. Er tanzt, als wolle er ein Loch in den Boden stampfen, und sie wackelt wie diese Männchen an der langen dünnen Metallfeder.

Krissi war auf einmal verschwunden. Ich habe sie in einer schummrigen Ecke entdeckt, wo sie mit ihrem Niklas tanzte.

Auf einmal stand dann Vanessa vor mir. Mit Crazy-Klaus im Schlepptau. Sie hat nicht lange gefackelt, sondern losgelegt: „Er war's. Er hat dir die Briefe geschrieben. Er mag dich. Mach ihn nicht unglücklich!"

Alles Blut, das in mir fließt, ist in meinen Kopf geschossen. Mein Gesicht muss ausgesehen haben wie ein roter Ballon. Crazy-Klaus scheint es nicht bemerkt zu haben. Er hat mich an den Händen gepackt, richtig fest, und auf die Tanzfläche gezogen. Dazu hat er seine Spechtschreie ausgestoßen und etwas erzeugt, was nach Jodeln klang.

Unter der Spiegelkugel hat er auf einmal losgebrüllt: „Ich bin der glücklichste Mann der Welt!"

Er war lauter als die Musik und die hat schon den Boden zum Vibrieren gebracht. Einige Köpfe drehten sich in unsere Richtung, darunter auch der von Britt.

Da ist es geschehen. Es ging sehr schnell und ich habe erst hinterher voll kapiert, was es bedeutete.

Crazy-Klaus hat mich geküsst.

Ohne Ankündigung. Einfach so.

Sein Kopf ist vorgeschossen und schon habe ich seine Lippen auf meinen gespürt. Ganz sanft. Ganz trocken.

Mein erster Kuss – für immer festgehalten

Ich konnte nicht einmal darauf achten, ob er die Augen offen oder geschlossen hatte. Dabei ist das doch wichtig.

Ist es zu fassen? Mir ist Britts Wette im Park wieder eingefallen. Es war erst sechs Tage her, dass wir uns verkracht hatten. Und jetzt war ich die Erste, die von einem Jungen geküsst worden war.

Britt hatte es gesehen. Und ihr Gregor hatte sie bestimmt nicht geküsst. Sie kam uns nämlich ganz nahe und hat mir ins Ohr gezischt: „Crazy-Klaus gilt nicht!"

Eine schlechte Verliererin!

Obwohl ich mir meinen ersten Kuss anders vorgestellt habe. Mit mehr Romantik und vielleicht nicht begleitet vom Ruf eines durchgedrehten Spechts.

Auf einmal musste ich lachen. Ich habe einfach dagestanden und gelacht und gelacht und gelacht. Crazy-Klaus hat sofort mitgelacht. Da ich mir von Krissi ein bisschen Wimperntusche, Lidstrich und Lidschatten ausgeborgt hatte, musste ich jetzt auf die Toilette. Crazy-Klaus hat nämlich festgestellt, ich sähe so aus, als hätte ich den Kopf in einen Malkasten gesteckt.

Aber ist er mein Traummann?

Ist er der richtige Junge für mich?

Werden wir zwei …?

Ach, egal.

Was kümmert mich morgen?

Dieser Satz ist nicht von mir, sondern aus einem meiner Liebeshefte. Auch wenn Mam die Hefte entsetzlich findet, mir gefallen sie und ich finde sie lehrreich.

VANESSA

Im Bus, Samstag, Heimfahrt

Großes Problem. Emu kennt sich bei Geheimschriften besser aus als wir. Er kann, hat er mir erzählt, jede Geheimschrift innerhalb eines Tages entschlüsseln. Ich glaube es ihm!

Wir drei müssen uns etwas überlegen. Die Botschaften, die wir uns schicken, soll er nicht in die Hände bekommen. Schließlich muss unser Geheimnis unser Geheimnis bleiben.

Nein, ich habe mich nicht verknallt.

Jedenfalls nicht so schrecklich dämlich wie Susanna.

Das mit Emu ist nur Freundschaft. Wir haben gemeinsame Interessen und wollen unser Wissen über verschiedene Dinge austauschen. Zum Beispiel über die Marsexpedition.

Morgen gehen wir ins Kino und sehen uns diesen Film an, in dem es um den ersten Flug zum Mars geht. Ich freue mich schon. Und bestimmt mache ich mich nicht zu einer Witzfigur wie Susanna. Emu wird mich nämlich nie anrufen.

Nein, er redet nicht gern am Telefon.

Dafür schreibt er E-Mails. Vielleicht schon heute Abend. Ich werde meinen Computer so einstellen, dass er jede Minute abfragt, ob eine neue Mail eingetroffen ist.

Nein, ich bin nicht verknallt. Schließlich müsste ich sonst ein Schulheft mit Senf und Ketchup fressen. Ich mag aber keinen Senf!

Krissi

Heimfahrt, Samstag

Schluchz!

Niklas wohnt zweihundert Kilometer entfernt.

Werden wir uns je wieder sehen?

Wir haben ausgemacht, jeden Tag mindestens eine SMS zu schicken und zu telefonieren und zu mailen und uns zu besuchen.

Er braucht mich. Falls Gregor wieder beginnt, Terror zu machen.

Ob er mich vielleicht schon vergessen hat? Zum Glück habe ich mein Handy dabei!

Nein, er denkt an mich. Er hat sein Handy auch an, obwohl wir es im Bus nicht eingeschaltet haben dürfen. Er hat auf meine SMS sofort geantwortet.

Das einzige Problem an Niklas ist, er muss mein Geheimnis bleiben. Vanessa bekommt sofort das Kobra-Gesicht, wenn sie seinen Namen nur hört.

Irgendwie macht es das noch spannender. Eine verbotene Liebe!

BIX

Im Bus auf dem Weg nach Hause, Samstag

Hilfe!

Was soll ich tun?

Morgen will mir Crazy-Klaus seine Spinnen vorstellen. Ich soll sie streicheln!

WIEDER ZU HAUSE

HALLO THOMAS!

Wolltest du schon immer Schriftsteller werden?
Zuerst wollte ich Tierarzt werden, aber ich habe beim Studium schnell erkannt, dass das kein Beruf für mich ist. Geschichten habe ich mir immer schon gerne ausgedacht und geschrieben habe ich auch gerne. Allerdings nicht in der Schule, denn meine Deutschlehrer waren immer nur auf Fehlerjagd. Geschrieben habe ich mehr für mich und durch viele Zufälle ist aus dem Hobby ein Beruf geworden.

Wie lange brauchst du für ein Buch?
Ganz unterschiedlich. An guten Tagen schaffe ich etwa zwanzig Buchseiten. Es gibt auch Tage, an denen ich nur wenig schaffe. Trotzdem setze ich mich immer hin. Ich höre übrigens immer mitten im Satz zu schreiben auf. Am nächsten Tag fällt das Anfangen dann viel leichter.

Erfindest du alles, was in deinen Büchern steht, oder recherchierst du viel?
Natürlich recherchiere ich, wenn es das Thema verlangt. Sehr gründlich. Das ist auch wichtig für mich, weil ich mich sonst beim Schreiben nicht sicher fühle. Zum Recherchieren bin ich schon U-Boot gefahren, durfte einmal als Flugschüler ein kleines Flugzeug steuern, habe einen Sturzflug miterlebt, Tierpfleger bei der Arbeit begleitet, lange

Gespräche mit Tierschützern geführt und viele Städte und Länder bereist. Die Geschichten selber entstehen natürlich in meiner Fantasie.

Woher nimmst du eigentlich deine Ideen?
Hm, das ist mir selbst ein Rätsel. Sie kommen ganz einfach. Ich ziehe Ideen an wie ein Magnet … Ich halte Augen und Ohren weit offen und fange sie auf diese Weise ein. In meinem Kopf reifen sie dann. Manche ein paar Wochen, andere ein paar Jahre. Von tausend Ideen setze ich aber nur vielleicht dreißig um. Ich sammle ständig und überall. Oft genügt ein winziger Anstoß und auf einmal wächst daraus die Geschichte.

Entstehen deine Geschichten erst beim Schreiben am Computer oder hast du sie schon vorher ganz genau in deinem Kopf?
Mehr als zwei Drittel sind fertig, wenn ich mich zum Schreiben hinsetze. Ich notiere jede Idee in einen Mini-Computer, den ich immer dabeihabe, aber nur aus einigen werden dann Geschichten. Manchmal braucht das „Wachsen“ ein paar Wochen, manchmal ein paar Jahre.

Was ist das für ein Gefühl, wenn man so bekannt ist?
Ich finde es toll, wenn ich Briefe und E-Mails von Lesern bekomme, die mir erzählen, wie viel Spaß und Spannung sie beim Lesen hatten. Das ist für mich ein wunderbares Gefühl. Schließlich schreibe ich nicht, um bekannt zu sein, sondern weil es für mich die tollste Sache der Welt ist.

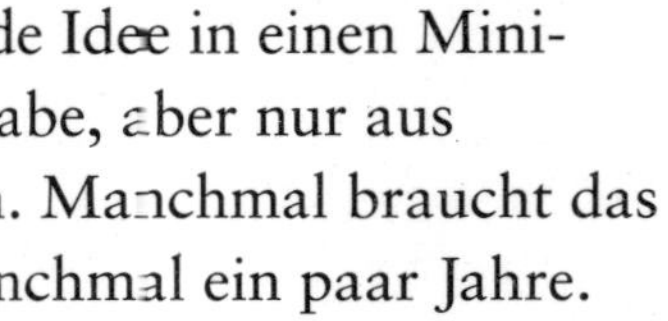

Ravensburger Bücher von Thomas C. Brezina

Psst! Unser Geheimnis

Diese Abenteuer haben Krissi, Bix und Vanessa breits erlebt:

Habe ich	Fehlen mir			ISBN 978-3-473-
O	O	Band 1	**Die Mitternachts-Party**	47432-5
O	O	Band 2	**Der unheimliche Verehrer**	47427-1
O	O	Band 3	**Der Schönheits-Zauber**	47428-8
O	O	Band 4	**Ein Monster namens kleine Schwester**	47402-8
O	O	Band 5	**Die geheimnisvolle Neue**	47405-9
O	O	Band 6	**Brav sein? Nein danke!**	47406-6
O	O	Band 7	**Der Speck muss weg!**	47407-3
O	O	Band 8	**Immer diese Eltern!**	47430-1
O	O	Band 9	**Schießt die Jungen auf den Mond!**	47409-7
O	O	Band 10	**Schlechte Noten gehören verboten!**	47410-3
O	O	Band 11	**Schokoeis mit Ketschup**	47411-0
O	O	Band 12	**Nervensägenalarm!**	47425-7
O	O	Band 13	**Brillenschlange und Zahnspangenziege**	47429-5
O	O	Band 14	**Her mit den flotten Klamotten**	47414-1
O	O	Band 15	**Die Schreckschraubentante**	47415-8
O	O	Band 16	**Was Spaß macht, ist verboten!**	47416-5
O	O	Band 17	**Ups, ist das peinlich!**	47417-2
O	O	Band 18	**Voll verknallt!**	47433-2
O	O	Band 19	**Hilfe, ich bin Prinzessin!**	47419-6

UG_09_046

www.ravensburger.de

Ravensburger

Ravensburger Bücher von Thomas C. Brezina

Habe ich	Fehlen mir			ISBN 978-3-473-
○	○	Band 20	**Gute Fee gesucht!**	47436-3
○	○	Band 21	**Traumrolle mit Traumprinz**	47421-9
○	○	Band 22	**Klassenfahrt und Geisterkuss**	47434-9
○	○	Band 23	**Mädchen vor, noch ein Tor!**	47431-8
○	○	Band 24	**Ich krieg die Krise!**	47426-4
○	○	Band 25	**Die Lehrer-Fernbedienung**	47435-6
○	○	Band 26	**Die verknallte Mumie**	47437-0
○	○	Sonderband	**Hilfe, liebes Tagebuch!**	47424-0

UG_09_047

www.ravensburger.de

Ravensburger